魔女沫沫的另類修行

謎之古生物

3

蘇飛 著
Tamaki 繪

新雅文化事業有限公司
www.sunya.com.hk

目錄

角色介紹

羅賓

魔女沫沫的修行助使，牠是一隻十分囉嗦的知更鳥。

沫沫

小魔女，十歲。外表與人類相似，但長得十分矮小。她臉色雖有些蒼白，神情也很冷酷，卻宛如洋娃娃般精緻美麗。有時沫沫為了幫助人類，會違規使用魔法。

齊子研

小魔女，十一歲。聰明而有
點高傲，個性外向而衝動，
沒有耐性，脾氣來得快也去
得快。

喬仕哲

小魔子，十一歲。子研的表
哥，是守規矩的乖乖紳士，
不喜歡觸犯規則是因為不想
讓自己陷入危險或不好的事
情當中。

房米勒

小魔子，十一歲。魔法力不
高，常被同輩欺負，但為人
熱情憨厚，總是熱心助人。

嚴農

沫沫的養父，是魔侍中的費
族。由於擅長煉藥，被人稱
為魔法藥聖。

魔侍知識

速度力
能使速度加快。

咒語：
德起稀達，速！

皺摺力
讓物件皺起來。

咒語：
皮提維絲，皺摺！

發臭力
令物件發出臭味。

咒語：
滴鎖死莫屍——(某種氣味)！

除臭力
除去物件的臭味。

咒語：
阿破屍迷滴叩，除臭！

飛行力
可以騰空飛行。

咒語：
提希而，騰空！

隱身力
讓自己隱去身影。

咒語：
拉浮雷雅，隱身！

對換力
可將兩個物體對換過來。

咒語：
安塔雷及，換！

催眠力
能讓物體睡去。

咒語：
系諾絲，眠！

∽∩ 魔侍手冊 ∩∾

每個魔侍都有一本魔侍手冊，翻開第一頁即寫明魔侍必須遵守的守則。

魔侍們還可以透過魔侍手冊查找所需資料，比如找出需要幫助的人類資料、煉藥小屋可以安置的地方等等。

∽∩ 綠水石 ∩∾

一塊晶瑩剔透、大小有如一顆雞蛋的暗綠色石頭，屬於稀有魔法物品。

通過它，魔侍能看到某個人類的行動與狀況。它還具有預示危險事件的魔力及視像通話功能。

∽∩ 魔法緞帶 ∩∾

一種特殊魔法道具，必須通過提煉而成。有各種不同功能的魔法緞帶，比如變形緞帶、搬運緞帶、移行緞帶等等，每種緞帶具有不同顏色。

∽∩ 魔法手印 ∩∾

兩掌掌心朝上，拇指揑住中指，往中心移動使兩手食指相連。動作是輔助專注意念，高階魔侍無需動作也可施行魔法力，但低階魔侍通常需要動作輔助，讓意念專注才能有效發揮魔法力。

這些都只是一小部分的魔侍知識。若想提升魔法力，你就要多留意書中提到的各種知識了！

☀─魔侍守則第一條─☀
不能用魔法有意傷害人類。

☀─魔侍守則第二條─☀
與人類保持距離，
不能與他們成為朋友。

☀─魔侍守則第三條─☀
守護人間正義及秩序，
有能力者必須幫助地球上
需要幫助的人。

引子

在很深很深的叢林裏頭，住着一羣不為人知的特別物種——魔侍。

魔侍的外觀與人類相似，他們與人類最大的分別，就是擁有某些特殊的神秘力量——魔法力。

魔侍與世無爭，熱衷於修行，並分為三個族羣——費族、仁族和松族。

他們與人類一樣有男女之分，男的被稱為魔子，女的則喚作魔女。

魔侍與人類原本河水不犯井水，互不相干。直到某一天，一位人類踏入他們位於叢林深處的家園……

從此，人類便與他們扯上了關係。

叢林周邊的小城鎮開始有一些關於他們的流言蜚語，甚至有人傳唱：

潘朵拉的盒子開啟了
在東方最隱秘的森林
魔女狂妄起舞
酷暑夏至來臨
眾星繞月之時
傲慢人類承受浩劫

魔侍不喜歡人類對他們的誤解，因此他們之中有些人走出叢林，來到人類的世界。

如果你遇見了他們，是幸運，還是不幸呢？

第一章

夜晚的捕獵

夜晚的桑林鎮，大地一片寂靜，只有偶爾從遠方傳來的斷續狗吠聲。

其中一戶人家家裏還未關燈。不，不只未關燈，悦耳的嬉笑聲還時不時從屋內傳出來。

五臟俱全的小屋裏，兩名活潑好動的孩子被一個戴着老虎面具的大人追趕着。小孩一邊鬼叫着逃跑，一邊頑皮地停下來等大人追來，又害怕又興奮地圍着客廳玩鬧呢！

就在孩子差點兒被大人一把抓住時，牆上的時鐘跳出一隻鳥兒，叫道：「咕咕！咕咕！」

大人趕緊摘下老虎面具，說：「十點囉！爸爸得去上夜班了，改天再陪你們玩。」

「不要，不要！明天是假期，爸爸要陪我們玩，講故事給我們聽！」

「可惜爸爸沒有假期啊！今晚還得**守夜**，不然就沒錢買玩具給小傑和小俊了哦！」

「我們不要玩具！」兩個小孩同時喊道。

這時他們的母親走過來，把他們抱住爸爸的手拉開，説：「乖！小俊已經八歲，小傑也快七歲了，會體諒爸爸了！」

小俊靜了下來，小傑卻還不依地鬧着，母親對着小傑説：「因為有爸爸看守大廈，大廈的人們才能安心睡覺啊，而且爸爸又不是不回來，明天下午就回來了！」

小傑努嘴，最後才不情願地説：「那我生日那天，爸爸一定要陪我們玩。」

父親點點頭道：「好，好！爸爸答應小傑和小俊，在小傑生日那天，不當夜班，陪你們玩到天亮，等公雞喔喔啼了才准睡覺好不好？」

小傑這才**笑逐顏開**，乖乖地跟着母親走進房間。

小傑父親關好大門，看看布滿烏雲的天，呢喃

道：「希望不會下雨就好。」

說着小傑和小俊的父親跨上電單車，發動車子快速駛出門外。

他離開不到五秒，引擎聲都還聽得見，門口附近的小樹叢突然跳出三個黑影。其中一位身形瘦削，留着*利落*短髮的男子小心翼翼地查看四周，皺起了眉頭，不悅地說：「竟然讓牠逃了！」

站在男子身旁的一頭山羊叫了起來，男子無奈地從懷裏抽出一條藍色緞帶，*聚精會神*地朝羊兒扔去！

身型壯實的山羊驟然幻化成人形！他揮掉沾在身上的塵土和野草，抓了抓那一頭有點凌亂的頭髮，道：「唉！想不到牠這麼聰明，竟然識破我不是真的羊。」

站在他們身後的女子沉着說：「我看過古生物圖鑒，這種生物嗅覺靈敏，大概警覺到你沒有羊的氣味吧！」

「那你怎麼不說？害我白白浪費好不容易從嚴農那兒買來的變形緞帶。」瘦削男子說。

「一條變形緞帶有什麼關係，我可是變成羊，辛苦地藏在草叢中，被蚊蟲咬了一身呢！」

頭髮凌亂的男子說着，奇癢無比地**抓撓**着身體，說：「癢死我了，下次換你當羊。」

「不行！你那麼**糊塗**，萬一使用錯誤，變不了羊怎麼辦？」瘦削男子馬上反對伙伴的提議，緊接着，他也不斷往身上撓癢，「想不到那片樹

林這麼多蚊蟲，早知道就使用驅蟲力！」

「原來處事謹慎的葛司也會有説早知道的時候啊？呵呵！哦，還真的很癢呢！」站在兩人之間的女子説着，也抓起癢來，大夥兒看到對方**狼狽**的模樣，都忍不住哈哈大笑起來。

這三人，正是麒麟閣士葛司、南德，還有科靜校長。

由於葛司和南德在桑林鎮巡邏時聽見了疑是狗頭豬——一種狗頭豬身的古生物的叫聲，也查到附近農場內有羊隻被攻擊，出於擔憂古生物危害人類及造成**轟動**，他們兩人昨日去尼克斯魔法修行學校請求科靜校長幫助。

科靜校長曾是統領麒麟閣的閣士長，對於捕獵古生物可説相當有經驗。

「狗頭豬一定還會再出現。畢竟這一帶就屬這區人煙最稀少，附近也剛好有幾座小牧場。」葛司説。

「話是這麼説，不過你剛才也看到，狗頭豬

在距離我十米以外就逃走了，牠嗅覺這麼**靈敏**，要抓住牠可不是容易的事。」南德還在拚命撓着臉。

「校長，你說該怎麼辦？如此下去，人類一定會發現古生物的行跡，到時可就麻煩了！」葛司其實擔心沒辦法完全消除人類對古生物的記憶。

科靜扶了扶金邊眼鏡框，一副**深有把握**的樣子說：「要抓住狗頭豬，必須先了解牠的喜好和弱點。」

「狗頭豬的弱點是什麼？」南德停下抓癢的手，緊張問道。

科靜神秘地笑了笑，瞥了眼葛司，說：「這裏不夠安全，回去再說，好吧？」

葛司謹慎地點了點頭。

接着三條黑影嗖嗖嗖地飛往夜空，速度之快好比三支小火箭，一瞬間消失了蹤影。

小傑這時正從房裏的窗戶望向天空，看到那三

個飛快的黑影，睜大眼道：「那是什麼？是蝙蝠俠？」

　　小傑的**睡意全消**了，他眼珠轉個不停地凝視空中，似乎想要從那烏黑的夜空找出什麼東西。

第二章
不友善的哈老太婆

尼克斯魔法修行學校內，有一座佔地最大的建築——修行助使訓練所。

沫沫和米勒第一天上課就觸怒了外號「惡神」的萬勝力老師，兩人被惡神懲罰，由他的修行助使——一隻毛色灰白的負鼠「萬兒」帶領着，來到了修行助使訓練所。

他們一抵步即被**映入眼簾**的壯觀景象嚇着了！成羣知名或不知名的昆蟲、爬蟲類動物、兩棲類動物、鳥兒等在他們跟前自由地飛翔、奔跑着，竄來竄去的，搞得他們兩眼昏花，腦袋也被這些不同生物的叫聲吵得嗡嗡鳴叫。

這時，有個身影極快地穿梭於這羣**紛亂吵雜**的生物，直奔向他們，轉瞬間，來到了他們身前。

「哈里斯太太！」米勒驚慌地叫出聲。

哈里斯太太冷哼一聲，打開萬兒帶給她的字條。快速展閱後，她摺起字條，瞇起眼打量沫沫和米勒，眼中透着**懷疑**的眼神。

哈里斯太太有着一對細小的眼睛，鼻子挺直，嘴唇有點薄，總是瞇着眼看人，看起來不太和善。她多口袋式的穿着，還有頭上那麻繩編織的寬邊帽，極富個人特色。

沫沫不禁嘀咕：「怪不得咕嚕咚會説她是疑神疑鬼又骯髒邋遢的哈老太婆。」

沫沫視線轉向眼前的建築。這訓練所確實非常大，建築呈多邊形設計（到底有多少個邊沫沫沒有仔細算），每邊建了一排房，房門都是透明或半透明材質，每間房裏都有一個生物住在裏頭。

建築物中央是**寬敞**的場地，米勒看着場地內的各種訓練設施，興奮不已地向沫沫介紹：「這裏應該是訓練修行助使的魔法訓練區，你看，Z形障礙和圍欄應該是訓練修行助使的體能和反應的地方，旁邊的圓形靶應該是訓練牠們的射擊能力，我

聽説還有學習各種知識的特殊訓練房，各有它的機關設置和功能……」

哈里斯太太睜開那一直眯着盯人的眼睛，問道：「你有來過這兒？怎麼如此熟悉這裏？」

米勒被哈里斯太太這麼一説，**臉紅噗噗**地回道：「我對訓練所很感興趣，所以看過很多訓練所的相關書籍，也向來過訓練所的魔侍打聽過。」

「你想當魔物師？」

米勒**兩眼頓時睜大**了，道：「想！當然想，不過……我成績在班上是包尾……」

哈里斯太太突然矮下身子，仔細地端詳沫沫和米勒，然後説：「你們應該相當適合打掃訓練所。」

沫沫覺得很奇怪，有適合或不適合打掃訓練所的魔侍嗎？

「你不知道，我很早就想來這裏看看了，不過，沒想到是來這裏打掃……」米勒説着，臉又紅了起來。

「想當魔物師，幫修行助使打掃可是最基本的工夫！」哈里斯太太撇撇嘴說。

「哦，我以為餵食才是最基本工夫。」米勒壓低着頭說。

「餵食當然也是主要的工夫，但那可要有些**天賦**。」

哈里斯太太說着，從懷裏摸了個條狀物，一直在他們身旁的萬兒竟然興奮地叫了起來，衝過去一口將那條狀物吞下！

吃完後，萬兒那細小的烏黑眼珠**水汪汪**地盯着哈里斯太太。

「好，好。再來一條。」哈里斯太太說着，原本**一臉狐疑**的面容這時竟擠滿了笑容，兩隻眼睛笑成兩條彎月，好像眼前的萬兒是她最心愛的小寶貝一樣。

沫沫看着突然變了個樣的哈里斯太太，不禁莞爾：「原來哈里斯太太是個動物癡啊！」

哈里斯太太朝身上大大小小的口袋摸去，有時

摸出一坨如年糕一樣黏膩的東西，有時是一堆小螞蟻，還有一次竟然掏出一個在爬行的珊瑚，沫沫、羅賓和米勒看得目瞪口呆。可惜萬兒對這些都不感興趣，小小的眼皮皺了起來。

「別急，馬上就找到你愛吃的黴菌條！」

哈里斯太太狼狽極了，額頭都流下**豆大的汗粒**，這時她頭上的麻繩帽突然伸出一條木枝，上面正好掛着一條抖動着的黴菌條！

「啊！原來在這裏，謝謝你啊，小綠！」

萬兒吃下黴菌條，開心地手舞足蹈。

沫沫和羅賓相視一眼，道：「小綠？」

米勒這時發出一聲驚呼！原來哈里斯太太頭上竟然有隻竹節蟲！

那竹節蟲在麻繩編織的帽子上，隱藏得**天衣無縫**，不仔細看根本不可能發現牠。

「這竹節蟲——難道是哈里斯太太的修行助使？」米勒一臉驚訝地說。

「誰是竹節蟲？你沒聽到我叫小綠嗎？」小綠

跳到米勒頭上，敲了下他的頭，再跳回哈里斯太太的手臂。

米勒摸摸被敲的地方，紅着臉說：「對不起，小綠。」

「你叫米勒？記住，小綠是我*引以為傲*的修行助使，對訓練所的事比我還熟悉。」哈里斯太太欣賞地讚許着手臂上的小綠，然後轉向萬兒，「謝謝你，萬兒，下次來我會準備多一點黴菌條。」

萬兒吱地叫一聲，丟下一句「謝謝」就匆匆飛走了。

米勒高興地問：「哈里斯太太，萬兒很喜歡吃黴菌條嗎？黴菌條到底是什麼東西？我怎麼沒有聽說過？」

「你又不是修行助使，問這些做什麼？你不是忘了你們今天是來打掃訓練所的吧？」哈里斯太太馬上變了副臉孔，責問道。

「噢，我沒忘記……」米勒畏懼地說。

「你們今天先處理小蟲區。小綠，帶他們過

去。」

「小蟲區？」米勒好奇地問，「難道還有大蟲區？」

哈里斯太太沒有回答他，匆匆地走向中央喧鬧的生物羣。

小綠領着沫沫和米勒去儲藏室拿了特製的打掃工具——一支小巧的抹布桿、噴霧型清潔液、小型掃帚和畚箕，再讓他們盛了兩桶水，帶他們來到「小蟲區」。

沫沫看着眼前一格一格的「房子」，不禁**讚歎**不已。

「真是巧奪天工！想當年我可沒有這麼好的待遇，能在這裏受訓真幸福！」羅賓羨慕地說。

訓練所依照生物的體型來安排房間，還有依照生物習性而建造房間，比如建有沙土的房型、包含水池的房型、可以適度飛翔的房型等等，每間房除了可以調校濕度，還能調節溫度，因此有的房間好像在北極般**冷峻**，有的房卻像在沙漠一樣乾燥炎

熱。

沫沫覺得哈里斯太太雖然看起來很不友善，但她對待生物確實非常**細心周到**。

「這兒對小蟲們來說應該屬於五星級豪華酒店吧？也太舒服了！」米勒趨前去端詳房內天然的葉子牀墊、仿自然界的樹林景觀和迷你噴水池等「室內設計」，興奮地説。

「少見多怪！還不快打掃？」小綠盤着像樹枝一樣的四隻「手」，吩咐道，「牀底下也要掃乾淨，不能有一絲異味，蟲子們對環境可是很講究的！」

「是！」米勒馬上恭敬地應答。

於是，沫沫和米勒開始清理小蟲區的房子，羅賓幫不到什麼忙，只能在一旁瞎打轉。

説是清理，其實最主要的內容是處理生物的糞便。沫沫從小就幫着養父嚴農種植各種蔬果，幫忙施肥，對於處理糞便並不陌生也不抗拒。但米勒顯然沒有做過這樣的事，他憋着氣掃掉一顆顆散落在

房裏的糞粒，笨手笨腳地，還不小心打翻垃圾桶，讓之前收集的糞便散落一地。

「米勒，如果你不想一直掃糞便啊，就得好好做。糞便其實並不髒，它們也曾是美味的食物，只是經過生物的消化系統分泌酵素，讓食物變成……」一直在一旁看着他們的羅賓忍不住向米勒解釋了糞便的形成過程。

「我明白，糞便本來也是食物，不臭，不臭……」米勒自我催眠着，繼續打掃。

小蟲們的糞便不像大型生物的糞便那麼複雜，味道不重，糞便顆粒小，也不會黏糊糊，因此打掃起來難度其實不大。雖然如此，他們還是用了將近三個小時才打掃完畢。

哈里斯太太過來檢查他們的工作時，又是一副疑神疑鬼的神情，說：「小綠，你去看看。」

小綠聽從指示躍進住房，跳上跳下地視察一番，然後對哈里斯太太說：「勉強過關。」

哈里斯太太這才宣布：「你們可以回去了。」

沫沫吁口氣，她多怕趕不及回去上課呢！

「現在用速度力趕回去教學大樓，還來得及上最後兩節課！」沫沫對米勒說。

她擺出魔法手印，唸道：「德起稀達——」

就在「速」字差點兒溜出沫沫的嘴巴的前一秒，他們**耳畔**驟然響起連串尖銳的嘰嘰聲！

「又開始了！小綠，快！」哈里斯太太神色驚慌地衝去尖屬聲傳來的方向。

「沫沫，我們得趕去上課——」

羅賓還未提醒完，沫沫已不見了身影。

「唉！這沫沫，總是這麼**急躁**，不聽我把話說完。」

羅賓隨即也急急拍動翅膀跟上，留下一臉萌呆的米勒。過了幾秒，米勒才慢半拍地邊跑邊喊道：「等等我！」

第三章

箱子內的不知名生物

訓練所場地中央有個區域被鐵絲網圍了起來，裏頭有個四四方方大約一米的木箱子。木箱左右晃動得很厲害，有時還會彈起來，看來箱子內的「生物」非常好動呢！

哈里斯太太**小心翼翼**地打開鐵絲網，走了進去。

「沫沫，你可別進去，裏頭不知道是什麼猛獸，要不然何必用木箱再加個鐵絲網困住牠呢？」羅賓趕來看到眼前的景象，馬上阻止沫沫跟進去。

沫沫這次沒有**輕率行動**，她停在圍籬外，仔細觀察哈里斯太太的一舉一動。

只見哈里斯太太在滾動着的箱子旁，兩隻手攤開來，身體隨着箱子滾動一會兒向左，一會兒向右，一會兒又向前後擺動。這樣做了一段時間，她

終於**抓準時機**，趁箱子停下跳動，衝過去壓住箱子！

箱子內的生物頓時發出驚人的喊叫聲：「嘰、嘰、嘰……」

原本圍繞在鐵絲網附近的生物遠遠地躲開去，大夥兒都不愛聽這刺耳的尖叫聲啊！

哈里斯太太費力地壓住箱子，麻繩帽子歪去一邊，髮絲更加凌亂了，而小綠也暫時跳下來，在一旁乾着急。

「別怕，這裏不是人類世界，沒有人會傷害你。」哈里斯太太耐心地說，並發出一種特別的聲音，「丘、丘、丘……」

「到底是什麼生物讓哈里斯太太這麼費心？」沫沫心裏充滿了疑問。

哈里斯太太繼續**安撫**木箱內的生物，她慢慢鬆開手，可一鬆開，木箱又急劇彈跳！哈里斯太太只好整個身體壓在箱子上。好不容易穩住箱子，哈里斯太太對沫沫使了個眼神。

沫沫不太明白她的意思，心想：「她是要我進去幫她？」

未等羅賓制止，沫沫已打開鐵絲網的門，但這時，有個人影居然比沫沫更快地鑽了進去！

「米勒！」羅賓不禁叫出來。

原來米勒在沫沫和羅賓後方，看到鐵絲網打開，**一溜煙跑去裏面**。

沫沫和羅賓也趕緊走進去，關好鐵絲網門。

「嘰、嘰、嘰……」

箱子內生物的叫聲越加淒厲，遠處避開的生物們個個臉色發青，大夥兒都受不了這尖利的聲音。

哈里斯太太壓着箱子，狼狽地望着沫沫，但沫沫也不知道該怎麼做，她和米勒**面面相覷**，在那兒乾着急。

箱子內的生物拚盡力氣「撞」門，乒乒乓乓地，哈里斯太太終於忍不住說：「快來幫我壓着，我沒力——」

還未說完，木箱突然竄出個影子！原來木箱門

被撞歪，開了條縫，裏頭的生物趁機跑出來了！

　　那影子快速彈在鐵絲網上，撞到鐵絲網凸了出去，但鐵絲網相當牢固，那生物並沒突破出去，而是反彈回來！

　　牠向沫沫和米勒的方向衝來，像個**圓滾滾**的灰色炸彈，沫沫和米勒矮下身子，躲過了撞擊！

　　緊接着，那圓滾滾的球狀生物朝着鐵絲網的四面八方彈跳，就像被用力揮出的棒球，在地上彈來彈去。

　　「那到底是什麼？」沫沫問道。

　　「犰狳。」哈里斯太太**心有餘悸**地说，「牠被我撿回來時，身上很多地方都被劃破了，可能在人類屠宰過程中逃了出來。」

　　沫沫曾看過人類世界的生物百科，知道犰狳身披盔甲，身體還能捲成球狀，跑起來速度非常快，幾乎是沒有天敵的生物。

　　「人類竟然想吃犰狳，看來人類就是犰狳最大的天敵。」沫沫皺了皺眉说。

正說著，犰狳發出豬一般的尖叫聲，向哈里斯太太飛過去，哈里斯太太想伺機抓住縮成一團球的牠，但還是錯過了。

　　「你們快幫我抓住牠啊！牠**耗費**太多力氣，再這樣下去，我可沒辦法訓練牠成為修行助使！」

　　「牠可以成為修行助使？」米勒好奇地問。

　　哈里斯太太瞟了米勒一眼，說：「要不然我為什麼把牠帶回來？」

　　犰狳再次飛過他們上方，大家趕緊閃躲開去。

　　「你是怎麼知道牠可以當修行助使呢？」米勒又趁著空檔問道。

　　哈里斯太太再次撲了個空，喘著氣說：「不需要知道牠可不可以當修行助使，牠本來就是。」

　　米勒聽得**一頭霧水**，他皺起眉頭，看著眼前飛來飛去的「灰球」，思索道：「本來就是修行助使？那為什麼還需要訓練呢？」

　　米勒還是想不通，不過現在並不是想這些的時候，他對沫沫說：「沫沫，你用速度力可以追上牠

34

嗎？」

沫沫搖頭道：「不行，我根本不知道牠會滾向哪裏，就算追上了也很難抓住牠。」

這時沫沫突然想到什麼，眼睛睜大了說：「我還有兩條變形緞帶！」

「變形緞帶？是魔法緞帶嗎？」米勒好奇問道。

沫沫沒時間向米勒解釋，她從懷裏取出兩條藍色緞帶，哈里斯太太瞪着眼道：「**還不快把牠變形？**」

沫沫呼口氣，靜下心來，仔細觀察狌狌滾動的方向。

通常狌狌碰到鐵絲網再彈起來時的方向最難掌握，因此必須抓緊牠觸網之前的時刻。

「烏龜！」

沫沫拋出變形緞帶的同時喊了出來，緞帶迅速地飛向狌狌即將要經過的路線，可惜在**千鈞一髮**之際，狌狌竟先滑過去了，緞帶落在了位於下方的

小綠身上！

砰的一響！小綠消失了，大夥兒只看到一隻烏龜在地上緩緩爬着。

「小綠！」哈里斯太太衝過去抱起了烏龜，**怒責**沫沫，「看你做了什麼！」

「對不起，我專注着犼狳的動向，沒注意到小綠在那裏。」沫沫尷尬地吐吐舌頭，然後馬上轉向迅速滾動的犼狳，「這次我一定要把你變成烏龜！」

沫沫抿一抿嘴，手中緊握着變形緞帶，眼球隨着犼狳的身影快速移動。

如此觀察了許久，犼狳不單沒有減慢速度，還有越來越快的跡象。羅賓見沫沫抓不準時機，決定幫沫沫一把。

羅賓趁犼狳衝過來時，飛到牠前面擋住牠，緩一緩牠的速度，並急急喊道：「**沫沫，快！**」

沫沫扔出變形緞帶，喊道：「烏龜！」

大夥兒緊張地看着緞帶飛向那滾動的灰球⋯⋯

誰知灰球急速轉變方向，緞帶就這般落在了羅賓身上。砰的一響，又一隻烏龜掉落地上，啪嚓幾聲才停止晃動。

「烏龜羅賓」跌了個**四腳朝天**，揮動着四肢說：「沫沫，沫沫！快幫幫我！」

「想不到牠也變成烏龜。」小綠慢吞吞地説。

哈里斯太太撇撇嘴，安慰道：「你可有同伴了，小綠。」

沫沫趕過去幫烏龜羅賓翻過身，感歎道：「羅賓，我是在等待牠喘一口氣慢下來的時機啊！」

「對不起，沫沫，我只是想幫你⋯⋯」烏龜羅賓難過地説。

「我明白——」

沫沫未説完，哈里斯太太插嘴道：「我的小綠什麼時候能變回來？牠一定很不開心，平常小綠最喜歡幫我看頭看尾的，動作多麼**靈活敏捷**，現在這個樣子，連幫我搔癢都做不到了。」

哈里斯太太憐惜地摸摸烏龜小綠背上的殼。

「這次提煉的變形緞帶的效力只有六個小時，很快小綠就可以恢復原狀。」沫沫回道。

「還要六個小時？我不喜歡這個模樣。」小綠不依地緩緩晃頭。

哈里斯太太趕緊安慰牠：「你先忍一下，現在這樣其實也——咦？」

哈里斯太太似乎察覺到什麼，抬頭往前方看去。

一直捲曲身體成球狀的犰狳竟然張開了身體，乖乖地站在米勒旁邊！

「不用怕，這裏是你以後的家，沒有人類可以傷害你。」米勒說着，伸手撫摸犰狳盔甲邊上冒出來的濃密毛髮。

「你，你是怎麼做到的？」哈里斯太太**不可置信**地指着米勒，問道。

沫沫這時才看清這隻「灰球」的樣子，驚奇地說：「犰狳背上也長毛？噢，我記得了，生物百科有提到某種長着毛髮的犰狳，叫長毛犰狳，這種犰

猄害怕時會發出像豬一樣的叫聲，就像我們剛才聽到的聲音一樣！」

「管牠是什麼種類，快回答我的問題。」哈里斯太太**催促**着米勒。

米勒向哈里斯太太打眼色，讓她安靜些。

只見犰猄張着嘴巴，露出兩排細小且可愛的牙齒，似乎在嘟噥什麼，米勒則在一旁細細靜聽。

「你想喝水？」米勒望向哈里斯太太，哈里斯太太趕緊從身上的口袋摸出一個小玻璃罐，遞給米勒。

米勒把罐子拿近眼前，上面寫着：魔藥水。

他質疑地看着哈里斯太太，哈里斯太太**嗽嗽嘴**，示意米勒給犰猄喝下。

米勒於是打開罐子的木塞，倒了些魔藥水進犰猄的嘴巴。

犰猄喝了魔藥水，安靜下來，一動不動的。突然，牠晃晃頭部，啪嚓啪嚓地抖動身體，看得哈里斯太太**驚訝極了**。接着犰猄發出一道大家從未聽

過的怪聲，然後，牠竟然張開口說出：「洞⋯⋯」

「牠會說話了？我餵了牠那麼久都不說一聲⋯⋯」哈里斯太太愣在那兒。

「洞？」米勒看向沫沫，沫沫猜測道：「我想牠是想念牠的家了。犰狳是夜行動物，一般居住在洞穴內，很怕生，喜歡鑽洞。」

「哦，所以哈里斯太太才把牠關在黑暗的木箱裏面。但牠並不喜歡木箱子，牠喜歡洞穴。」

「我當然知道牠喜歡洞穴，也準備好洞穴房子給牠，只是牠太害怕，一直想逃出去，不然也不用關在木箱，又圍着鐵絲網。」哈里斯太太沒好氣地說。

哈里斯太太走向犰狳，**含情脈脈**地盯着牠，說道：「我就知道你是塊好材料！看來很快你就能成為合格的修行助使。」

犰狳趕緊躲去米勒身後，像個怕生的孩子見到陌生人，害羞地緊緊黏住親人。

「噢，牠好像把你當成牠的親人了。」哈里斯

太太瞇起了眼睛打量米勒，「你到底用了什麼魔法？怎麼剛剛還害怕得亂喊亂叫的犰狳突然變這麼乖巧？」

沫沫和烏龜羅賓、烏龜小綠也同時看向米勒，大家都很好奇米勒到底使了什麼法寶。

米勒蹲下來安撫犰狳，道：「**我什麼都沒做啊！**」

哈里斯太太不相信地晃頭道：「不可能。你肯定做了什麼才能讓牠改變。」

「要說是什麼……」米勒認真地想了想，回答道，「可能我讓牠感到安心吧？」

犰狳這時對米勒發出一道聲響：「吃……」

「哎呀！牠一定是肚子餓了，哈里斯太太，快給牠吃東西吧！牠的食物是什麼？我來餵牠可以嗎？」

哈里斯太太打開鐵絲網 **圍籬** 的門，道：「走吧！你帶牠去房間，食物已經準備好在食物槽裏。」

米勒開心地說：「走吧！犰——噢，不如我叫你小球，好嗎？」

犰狳點點頭。

「小球，去吃飯咯！」

米勒緊貼着哈里斯太太的步伐走出去，「小球」也馬上搖晃着身體快速地跟了過去。

烏龜羅賓緩緩說道：「沫沫，看來今天是不用想上課了。」

「沒辦法，不過米勒原來有這樣的**能耐**，看到他面對小球時的自信，被惡神懲罰打掃訓練所說不定是件好事呢！」

說着沫沫也走出鐵絲網。

「被惡神懲罰是好事嗎？」烏龜羅賓看了看身旁的「伙伴」問道。

烏龜小綠不理會烏龜羅賓，把頭看向別處。

第四章

不可行的計劃

沫沫和米勒走出訓練所時，太陽已經快下山，天空彌漫着橙黃色的雲彩。

雖然如此，米勒並沒有因此而不高興，甚至還有**因禍得福**的感覺。

「沫沫你聽到剛才哈里斯太太説的話嗎？她竟然要我每天都去幫她餵食呢！你不知道，餵食修行助使可是需要天賦的！」米勒不禁得意地説。

「每天去訓練所餵食，你不怕會**耽誤**課業嗎？」

「我會避開上課時間，比如上課前或放學後才去。」

沫沫原本還想説米勒會不夠時間練習魔法力和複習功課，但想到自己每天放學後去校長室煉藥，甚至還打算違規去人類世界幫助人類，覺得自己根

本沒有資格說米勒。

沫沫和米勒**分道揚鑣**後，施行速度力跑向行政大樓。

尼克斯魔法修行學校校園內，能允許魔侍使用速度力，其他魔法力一概不准使用，除非獲得老師的允諾。

沫沫中途停下休息一次，再使用速度力跑了幾分鐘，就看到行政大樓了。

她來到校長室，卻只見到科校長的助理維拉。

維拉招呼沫沫道：「科校長在會客，以後你可以直接去收藏廳，這是科校長**吩咐**的。」

沫沫應答着，眼睛卻望向會客室那兩位熟悉的身影。

「這兩位麒麟閣士為什麼一直來找科校長呢？」

沫沫心中有些疑惑，但她已來到收藏廳，雅米巴蟲認出沫沫，立即撲了過來。

「哎！我還真不習慣這鑰匙。」沫沫狼狽地抓

住雅米巴蟲，然後趕緊按下雅米巴蟲伸出來的觸手。

雅米巴蟲立時衝向內牆，牆壁頓時向兩邊裂開來，露出科校長為沫沫準備的隱秘煉藥房。

一看到煉藥房，沫沫什麼事都拋諸腦後了。

她走去煉藥台，熟練地打開後方的魔法藥櫃，取出各種所需材料。

「今天用掉兩條變形緞帶，我需要青藍色粉末、蟬蛻、枯木條⋯⋯提煉搬運緞帶，需要的材料是麋鹿鹿角的皮屑、雪貂的指甲⋯⋯移行緞帶材料是⋯⋯」

沫沫搬出一大堆材料放在旁邊的木碗內，拿起一個小瓷鍋放到爐火上方，再點一點火石。

噗地一聲，火點着了，沫沫小心地放進所需材料，攪拌着小瓷鍋，進入她靜謐的煉藥時光。

時間很快過去，當沫沫煉好一條變形緞帶、兩

條移行緞帶後，已是傍晚七點，變成烏龜的羅賓也已經打回原形。

牠伸展一下翅膀，拍動幾下，道：「呼！終於變回來了！沫沫啊，你今天用掉兩條變形緞帶，現在得補回兩條，看來今晚又得挨白麵包了。」

羅賓嘀咕着，看了看時間，打個哈欠說：「沫沫你還要繼續煉藥嗎？我肚子餓了。啊，不如我先去魔法食堂買食物吧？」

「沫沫？」

沫沫正專注地提煉緞帶，進入忘我狀態，完全聽不見羅賓說話。

羅賓自討沒趣，只好自己飛出去活動活動身子。

「唉，不知道沫沫會煉到幾點，今天我可不想再吃白麵包啊！」

魔女宿舍裏頭只有一個專賣白麵包和牛奶的自動販賣機，有時候羅賓真羨慕人類世界有那麼多種食物和飲品選擇的自動販賣機。

「為什麼沒有一種能變出美味食物的魔法力呢？唉，真希望農叔能快點研發出魔法食物緞帶來……」

羅賓邊飛邊四處張望，説：「對了，去看看魔法食堂有什麼東西賣……」

羅賓飛向校長室前方的櫃枱，經過會客室時，聽到裏頭有細小的説話聲。牠透過會客室上方的透風鏤空孔洞，看進裏頭。

「嗯？那兩個『護衛兵』還沒走啊？」嚴農對麒麟閣士向來沒好感，**戲稱**他們為護衛兵，所以羅賓也跟着這麼叫了。

「要是這次又失敗呢？」葛司沉着臉説。

「絕對不許失敗。不過你們也不用太擔心，只要能引狗頭豬出來，其他的，我會想辦法。」科靜説着，擺正一下滑下來的金色邊框眼鏡。

「是啊，科閣士長，哦，不，科校長可是捕捉過幾次古生物的**資深**麒麟閣士長，葛司你就相信她吧！」

「問題是，剛才我們討論了那麼久，還是得不出一個所以然。我要的是百分之百成功的計劃。」

科靜攤攤手，道：「沒有任何事是百分之百的，什麼事都會有不在預算之內的可能性。」

「只要有百分之一的可能性會危害到人類，就是不可取的計劃。」葛司斬釘截鐵地說。

「那你有更好的計劃嗎？」南德問道。

「我就是沒有也不會用這個計劃。」葛司冷靜地說。

「你也太死板了，呼！」一向和顏悅色的南德也忍不住氣呼呼地說。

「南德，別怪葛司。我知道他也只是遵守魔侍規則。魔侍律法中第314條寫明，在任何情況下，**只要會傷害到人類的行為都不可行。**」

南德呼口氣，不耐煩地說：「不管怎樣，現在我們不想辦法抓住狗頭豬，牠肯定會擾亂人類世界！」

「現在不是還沒有傷害過人類嗎？只要我們按

兵不動，雖然會讓人類恐慌，但至少沒有觸犯律法。」葛司仍舊堅持他的立場。

「不是吧？你真的要放任這頭古生物在人類世界生活？任牠捕獵人類的牲畜？」南德不可置信地問。

「當然不可能放任。只是這個計劃肯定不行。」葛司面無表情，怎麼都不妥協。

「我明白葛司的立場。我也認為如果可以不傷到任何人是最好的。」科校長望向南德和葛司，「看來我們這一次是無法達成協議了，今天的會議就到此為止吧！」

「不，那狗頭豬怎麼辦？」南德着急地說。

科靜沉默兩秒，說：「我再想想辦法。」

說着兩位麒麟閣士站了起來，在鏤空孔洞偷窺的羅賓屏住呼吸，直到他們走去門口後才趕緊飛回煉藥房。

「沫沫！沫沫！糟了！古生物跑到人類世界了！」

沫沫這回倒是馬上抬起頭來回應羅賓：「你怎麼知道？」

羅賓四下張望，確定科靜沒有進來，**壓低聲量**說：「我剛才經過會客室，聽見科校長和那兩位護衛兵的談話。他們在商量怎麼捕捉從古地窖逃出來的一種古生物——狗頭豬！」

「狗——頭豬？」沫沫不小心放大聲量說了一個字，趕緊轉小聲說。

「嗯！是狗頭豬，我沒有聽錯！」

「那是什麼古生物？為什麼可以逃出來呢？古地窖一直都由麒麟閣士嚴加看守……」

沫沫摸了摸下巴**思索**着。嚴農雖然很多事沒有告訴沫沫，但對於古地窖和古生物，倒是有詳細跟沫沫說明，這主要是因為濕地家園裏就有一頭從古地窖跑出來的古生物！

「難道狗頭豬也是從壁墜谷之戰逃出來的？」

53

沫沫從小就聽嚴農提過一件魔侍世界絕對不能提的戰役──壁墜谷之戰。濕地家園那頭不知道已經幾百歲的古生物──「豪豚」，據說就是趁那次戰爭逃出來的。

　　「噓！」羅賓立即反應道，「不是跟你說不能提這件事嗎？」

　　沫沫吐了吐舌頭，這要是發生在濕地家園，她肯定要被嚴農**處罰**，不准她煉藥。沫沫可最怕嚴農不讓她煉藥了。

　　「你怎麼知道不是從那個……『什麼什麼之戰』逃出來的？」沫沫問。

　　羅賓馬上晃晃頭，道：「不可能，那次戰爭發生在幾百年前，那些護衛兵不可能那麼久都沒發現牠的*蹤跡*，所以狗頭豬一定是最近才逃出來的。」

　　「科校長有說怎麼做嗎？」

　　「沒有。他們好像討論了很久都沒有討論出一個結果，主要是那位瘦瘦的護衛兵不答應，說什麼

『只要有百分之一的可能性會危害到人類，就是不可取的計劃』。」羅賓學着葛司的**低沉嗓音**說道。

沫沫沉默幾秒，把所有材料放回去魔藥櫃。

「沫沫，你不提煉了？」

「我的目標是一天至少提煉四條緞帶，今天已經達標。」沫沫說着，在魔侍手冊記錄今天提煉好的數目，「兩條變形緞帶，兩條移行緞帶。」

沫沫將魔侍手冊合起來，說：「走吧！」

「去哪裏？」

「當然是去找科校長！」

羅賓**張大了嘴**，慌忙說：「不是吧？那麼科校長不就會知道我偷聽他們說話？」

沫沫走到校長室門口，科校長卻已站在那兒。

「看來不用我說，已經有助手幫我傳達了。」科校長笑着說。

羅賓臉紅起來，辯解道：「我不是故意偷聽的，是不小心聽到……」

「不要緊，我沒有打算隱瞞你們。」

科校長走過來，在收藏櫃旁邊坐下來，並拉了張椅子讓沫沫也坐下。

「沫沫，現在才剛開學，本來我不想這麼快讓你介入這些事，不過因為有**突發事件**，唉！」

她歎了口氣，繼續說：「原本以為昨晚可以解決掉牠，但想不到對方非常聰明。為了儘快解決這事，我必須請你幫我提煉三條變形緞帶。」

沫沫杵在那兒，**突如其來**的任務讓她有些不知所措。

「你明天能煉好三條變形緞帶給我嗎？」科靜再問一次。

沫沫冷靜下來，問道：「你們已經有計劃了嗎？」

「本來已經制定好計劃。這種古生物的弱點是光。只要在牠出現的地點設置好光源，就能逼牠走進我們預先準備好的籠子。」

「既然可以捕捉到牠，為什麼不實行這個計劃

呢？」沫沫問。

科靜提了提眼鏡，道：「狗頭豬雖然怕光，習慣夜間行動，但牠會在被逼入絕境後，攻擊讓牠害怕的地方。」

沫沫聽不明白，問道：「**攻擊**害怕的地方？就是說，牠會攻擊發光的地方，那有什麼問題？光源不是你們設置的嗎？」

「要知道狗頭豬身處人類世界，平常沒有受到攻擊時，牠絕對不會跑去發出亮光的住宅區，但若是生命受到威脅時，就有可能攻擊家裏開着燈光的人類。」

沫沫和羅賓恍然大悟。

「原來如此，所以那個護衛兵，呃——麒麟閣士才會不贊成你們實行這個計劃啊！」羅賓點點頭，「他的顧慮也有道理，雖然說狗頭豬不一定會攻擊人類，但萬一牠真的去攻擊人類就糟了。不怕一萬，只怕萬一啊！」

羅賓又搬出牠的口頭禪了。

「我明白了。那明天你需要的三條變形緞帶是——」沫沫不解問道。

科靜謹慎地說：「為了不讓任何預料之外的事發生，我們必須先做測試。」

「測試？」

「嗯。我要試試在捕捉狗頭豬時，把附近住宅區的燈光都**熄滅**。我打算和葛司及南德潛入人類世界的電力公司，關掉這一區的總電源。」

沫沫聽了覺得有點不妥，但又說不出來哪裏不對，接着她突然想到什麼，趕緊說：「我聽農叔提過，如果在人類居住的城市觀星，可以去魔法用品商店買一種可以吸走光源的魔法用品——」

「魔法吸光罩？」科靜說。

「對，就是魔法吸光罩！只要有了這個，不是可以將附近的燈源都熄滅嗎？」

科靜搖搖頭，說：「我們有想過，但不可行。魔法吸光罩會將我們設置的光源一起吸走，那時候大地將變得**一片漆黑**，想要抓狗頭豬更不可

能。」

「原來如此。好，我答應你，今天一定煉好給你。」

羅賓瞪大了眼，「今天？」

沫沫沒有理會羅賓，她走回煉藥房，繼續埋頭苦「煉」。

羅賓**自言自語**道：「今晚不會連白麵包都沒得吃吧？」

第五章
盡責的班長

沫沫煉好三條魔法變形緞帶，已是晚上九時半。

「沫沫，再這麼下去我可會被你農叔責備啊！你已經連續兩天沒有好好吃飯了！」羅賓邊走出行政大樓邊說，「我本來想先買個野菌醃蘑菇漢堡給你，誰知道魔法食堂已經打烊了。」

「沒關係，羅賓，魔女宿舍有販賣機可以買食物。」

「不是吧？真的要啃白麵包？」羅賓覺得白麵包淡而無味，心底是十萬個不願意。

沫沫倒不在意食物美味與否，她快速施展速度力跑向魔女宿舍。

魔女宿舍就在眼前，而距離門禁時間還有幾分鐘，沫沫鬆口氣，放慢了速度，這時她看到某個意

想不到的魔侍站在宿舍前面的路燈下。

「喬仕哲？」

仕哲看到沫沫，馬上迎向前。

「嚴沫沫，還有五分鐘就到十點，你差點就進不了宿舍。」仕哲看了看錶，說。

「你在等我？」沫沫**不解問道**。

「嗯，今天雖然第一天上學，但各科任老師都已經給了作業。」

仕哲從書包取出幾本簿子，交給沫沫。

沫沫收下作業，疑惑地問他：「這是我的作業？」

「不，這些是我的筆記本，抄完明天還給我。還有，裏面有一張作業清單，記得做好裏面寫的各項作業。」

沫沫取出簿子內夾着的一張紙，上面**整齊**地寫着：

1. 魔法使用規範課：背誦魔侍守則及魔侍修行指南第一至五條，簡述第一章魔法力規則
2. 魔法力理論課：預習皺摺力咒語和除臭力咒語
3. 魔法史：預習第一章，並做簡述
4. 人類學：歸納人類近二十年的科技發展
5. 數理學：複習第二章金屬鋃與沼澤水的成分，明天抽查

羅賓在一旁看到，感動地望着仕哲，說：「寫得真清楚！幸好有你，我還擔心沫沫第一天沒上課會追不上進度呢！」

　　仕哲聳聳肩，道：「我是水二班班長，這些是分內之事。」

　　「謝謝你。」沫沫說。

　　「那我回去了。」仕哲正要使出速度力，沫沫叫住他，問道：「你是不是等了很久？」

　　「沒有很久，四個小時罷了。」

　　「四個——」羅賓張大了嘴，想不到這魔子竟然等了四個小時還**若無其事**，一點兒都不動氣。

　　仕哲走後，羅賓感歎道：「這魔子脾氣也太好了，是嗎，沫沫？」

　　「沫沫？」

　　原來沫沫已**一溜煙**跑向宿舍房間。

　　此時，宿舍內響起了門禁鈴聲，接着舍監好然快步移動着身子，在鈴聲結束那一刻準時將大門關上。

羅賓趕在最後一秒飛進宿舍，嘀咕不停地飛去販賣機：「肚子空空怎麼有力氣做功課？先去販賣機買白麵包和牛奶，雖然不怎麼好吃，但最重要能補充體力……」

第六章

把柄

　　隔天，沫沫大清早就來到教學大樓。沫沫一眼望去沒看到半個魔侍，只有一位在大門外清掃落葉的看守。

　　沫沫走進大樓內，看了看貼在櫃枱後方的教學大樓平面圖，得知水二班的位置在三樓，於是沿着中央的樓梯走上去。

　　「沫沫，水二班在三樓──」羅賓開心地叫起來。

　　沫沫噓了一聲，道：「你看這裏寫什麼？」

　　「修行助使可進教學樓，不允許説話。」

　　羅賓唸出平面圖旁邊警示牌上的文字，趕緊做了個封住嘴巴的動作。

　　由於時間還很早，大樓裏只有幾盞**昏黃壁燈**，樓梯更是黑漆漆的，轉角才看到一絲微弱的

光芒。

教學大樓跟沫沫看到的其他尼克斯魔法修行學校建築一樣，採用天然木建造，梯級寬大穩固，一旁的扶手也很厚實，因此雖然**燈光昏暗**，沫沫還是走得很安心。

到了三樓，沫沫往兩邊看去，課室外的走廊一片黑暗，於是她拿出綠水石，憑着綠水石的亮光，看到課室外掛着班級名字的牌子。

右邊課室上方牌子寫着：風一。羅賓又差點兒發出聲音，趕緊掯住嘴。

「右邊是一年級，左邊應該是二年級吧？」沫沫對羅賓說着，走向左邊。

她舉着綠水石往左邊走去，走廊上也**靜悄悄**的，看來沫沫應該是第一個到校上課的學生。

水二在左邊最後一間課室。沫沫走進課室，摸索着把燈打開。課室桌椅不規則地擺放成三排，前方是講台。沫沫隨意走到最左側的一張桌子，把書包放下後，又走出課室外。

她挨在走廊邊的圍牆，往下看去。大地還未**蘇醒**，周遭彌漫着一片暗灰色。

沫沫深吸口氣，覺得這裏跟濕地家園的空氣很相近，充滿了大自然的青草味。羅賓拍動着翅膀，抖一抖身體，似乎也很享受早晨清新的空氣。

看着烏黑的大地一點一滴地慢慢亮起來，天空從灰藍色換上潔白的天藍色衣裝，附近的建築也漸漸**清晰**起來，沫沫此刻才有了來到尼克斯魔法修行學校的感覺。

「上學真好！」沫沫由衷地對羅賓説。

沫沫對待會兒即將上的課不禁**充滿期待**。這時，陸續有學生走進教學大樓，她看到米勒的身影。

米勒從樓梯口轉來，看到沫沫即開心地喊道：「沫沫！我還以為我是第一個到校呢！」

「你平常都這麼早到？」沫沫問。

「不，昨晚我做完仕哲交代的作業，今天早點來還給他。」米勒説。

沫沫有些意外，說：「仕哲也有借你筆記？」

「是啊！今年他被惡神選做班長。幸好有他，要不然我的功課肯定追不上。」米勒說着，突然想到什麼，問道，「沫沫，你會不會使用定身力？」

「會是會，不過還不太穩定。」

「那你可不可以教我？在訓練所使用定身力，會比較容易給那些動個不停的生物打掃住房。」

「好啊，在這裏教你嗎？」

米勒想了想，說：「趁時間還早，我們上去魔法力理論課室吧！」

米勒說着，逕自往樓梯口走去，沫沫趕緊跟上，問道：「魔法力理論課室在哪裏？」

「七樓啊！哦，都忘了沫沫你是插班生，第一次來這裏。」米勒說着，做起了解說員，「那就讓我來給你介紹一下這座大樓吧！」

米勒邊走上樓梯邊說：「這裏共有九層樓，地面七層，地庫兩層。」

「一、二年級在三樓。以此類推，三、四年級

在四樓，五、六年級在五樓，七年級在六樓。」

「一樓屬於教師備課室，分為三個隔間。有放置魔法力設備及材料的魔法力備課室；有魔法史和律法書籍資料的魔法史料備課室；有普通人類與數理資料的一般備課室。」

「平常教師沒有課堂時通常會在這裏休息、備課或批改作業等等。」

沫沫不斷地**點頭應答**。這時候，他們已來到七樓。

米勒領着沫沫走向魔法力理論課室，繼續說：「另外，還有一些課是有時必須到特定教室上課的，比如魔法力理論課在最高的七樓和地庫一樓（各有四間），數理實驗室和人類史料影像館在六樓。」

「還有一些課程必須到教學大樓以外上課，比如魔法力實踐課在魔法力競技場，修行助史研究課在訓練所等等。」

米勒打開魔法力理論課室的大門。這間課室比起剛才沫沫進去的水二班大得多，沫沫問他：「這

裏這麼大，是因為施行魔法力時需要用到很大的地方嗎？」

「不，是魔法力理論課有時候會幾班合併一起上課，所以地方比較大。你不知道，魔法力理論課老師不容易找，每年都會有一些變動。有的老師教了一年就不教，還有的直接轉去當麒麟閣士。」

「噢，為什麼會這樣呢？」

「你問我我也不懂。有聽學生會會長說過，我們魔侍的魔法力學習一年比一年差，麒麟閣士也越來越缺人。」

沫沫點點頭，拍了一下米勒的肩膀道：「米勒，看來我們必須加把勁了，以麒麟閣士為目標，好好學習魔法力。」

米勒嚇了一跳，馬上晃晃頭道：「不。我只要不墊底就好了，怎麼敢奢望當什麼麒麟閣士？」

「幸虧你還有自知之明。」

他們身後傳來一道聲音，沫沫回過頭，有個魔子走了進來，竟然是老愛欺負米勒的志沁。

志沁繼續嘲笑米勒：「墊底的人怎麼可能考上麒麟閣士？連我都不敢想，你最好想都不要去想。不，你根本沒有資格去想。」

　　沫沫聽了很不以為然，道：「想都沒有資格？那你認為誰有資格呢？」

　　志沁馬上說：「要說有資格當上麒麟閣士的，當然是子研啊！子研可是去年魔法力一階測試成績最好的學生。」

　　志沁才說完，子研就走了進來。

　　「志沁，你別亂說。」子研看到沫沫，馬上說，「第一天就不來上課，你不會是想來混日子吧？」

　　「對，對！靠後門進來又沒有通過魔法力一階測試的魔女，肯定只是想來混日子！」志沁馬上附和道。

　　一直忍耐的羅賓終於忍不住了，牠不悅地回道：「沫沫才不是來混日子，她可是已經有魔法力一階合格證了哦！」

子研感到相當意外，問：「怎麼可能？」

「一定是假的！」志沁又幫腔道。

「科校長親自頒給沫沫，還有假的？」羅賓雙翅叉着腰說。

「這，一定又是靠關係！」志沁撇撇嘴說。

「為什麼你一直說我靠關係？*我的魔法力由科校長親自承認，不會比你差。*」

「嘿，那可不一定，要不要比試比試？上回沒有比到，心裏頭還真不爽快。」

沫沫沉下臉，對於志沁的一再**詆毀**，她很不喜歡。羅賓趕緊說：「沫沫，別跟他一般見識，你來學校可是為了學習魔法力，不是跟這樣的魔侍交手。」

「什麼叫這樣的魔侍？你是看不起我，認為我比不上她？」

「我可沒有這麼說。我只是不希望你以後再說沫沫是走後門進來的，我家沫沫可是非常認真對待學習魔法這件事。」

子研挑了挑眉，道：「我最喜歡認真學習的魔

侍。既然你不想跟志沁比，那要不要跟我比試？」

沫沫直視子研，說：「我為什麼要跟你比試？」

子研想了想，道：「我自認二年級魔侍裏頭，除了仕哲，沒有一個魔侍是我的對手。」

沫沫**不以為然**地說：「有需要這樣比較嗎？」

「當然有需要。只有最出色的魔侍，以後才能擔當保衞魔侍世界的重責！」子研自豪地說。

「魔侍只需要守護人間正義及秩序，幫助人類。」沫沫說。

「難道為了幫助人類，就不需要保衞魔侍世界？」子研反問。

「魔侍手冊寫得很清楚，你不知道嗎？」沫沫冷靜回道。

子研當然明白魔侍必須幫助人類，但她很不服氣，回嘴道：「你到底是不是魔侍？怎麼不幫魔侍，只想着幫人類？」

這時子研想到沫沫上回去人類世界的事，借機問道：「對了，你上次是不是**違規**幫助人類？」

沫沫一下愣住了，她的確**違規**幫助人類。

「要知道我們魔侍沒有助人執照，是不能幫助人類的。你該不會連這個都不懂吧？」

沫沫自知理虧，沒有應答。

志沁走到沫沫跟前，一副**得理不饒人**的態度說：「原來你也有把柄被子研抓住。看來你和米勒還真是『難兄難妹』。」

米勒一聽到這話，滿臉通紅，把頭壓得低低的。沫沫感到疑惑，問道：「你有把柄被志沁抓住嗎？」

「這⋯⋯其實，是我自己不對。上回人類學老師帶隊去人類世界考察，我看到一隻毛髮灰色，有着可愛褐色眼瞳的小貓咪被人類欺負，於是就⋯⋯」

「米勒偷偷幫了那隻小貓咪，而且還傷到人類男孩！這可是要送去懲戒部審判的！」志沁咄咄逼

人地說。

「**不，千萬不要送我去懲戒部……**」米勒一臉惶恐地說。

沫沫終於明白為何米勒如此害怕志沁。她站到米勒跟前說：「米勒是有不對，但也是人類男孩先傷害動物在先。」

「他已經觸犯魔侍律法！魔侍律法有規定，絕對不可以傷害人類！」志沁咬着米勒的錯誤不放。

「你是想威脅米勒？米勒是為了幫助動物才觸犯律法，而你呢？你是為了什麼要威脅米勒？」

志沁有點支吾地說：「我，我就是看不慣他那麼笨，他遲早會連累我們！」

「不准你再說米勒笨。」沫沫眼神**充滿銳氣**。羅賓遮住眼睛，心想：「完了，沫沫這次真的生氣了！」

志沁被沫沫的氣場震懾，後退兩步。這時子研站到志沁前方，不甘示弱地說：「你們的確觸犯了魔侍律法，不是嗎？」

沫沫呵口氣，平靜下來。她**自知理虧**，於是說道：「那你們可以幫我們保守秘密，不說出去嗎？」

　　「我們為什麼要幫——」

　　子研阻止志沁說下去，用狡點的目光看着沫沫說：「不說出去也可以，不過——你必須跟我比試！」

　　沫沫想了一想，道：「好。我答應你。」

「那就這麼說定！」子研大聲說着，嘴角上揚起來。一旁的志沁似乎在等着看笑話，**輕蔑**地瞅沫沫。

米勒慌忙阻止道：「我們都是同班同學，不應該比試，而是應該好好相處才對。」

「米勒說得沒錯。」這時門口又一個魔侍走進來，是班長仕哲。

「大家是不想上第一節課嗎？」說着仕哲轉向子研，「咕嚕咚老師吩咐你過來拿魔法力教材，怎麼還不拿下去？」

子研顯得不耐煩，但還是乖乖地回道：「我現在拿。」說着她走去打開壁櫃，取出幾件平滑的**絲質袍子**，並吩咐志沁，「志沁，幫我拿十五個口罩。」

志沁趕緊去另一個櫃子，數了數，拿出十五個口罩。大家陸續走出魔法力理論課室。

第七章

開始上課！

　　今天第一堂課是咕嚕咚的魔法力理論課。理論課主要教導魔法力咒語及各種魔法力相關知識，但在課堂上還是會讓同學練習魔法力。

　　這堂課是沫沫最期待的魔法課之一，另一個沫沫很想上的課是魔法史。她一直很想知道多一些魔侍世界的歷史，包括她的親生父母為何無法與她相認，還有她擁有魔覺力的事。

　　沫沫和米勒走進課室時，咕嚕咚坐在講台前方等着，其他同學也已經全部到齊。沫沫匆匆走過講台，咕嚕咚**一臉喜悅**地朝沫沫揮手。沫沫感到大家都在盯着她，趕緊走向放着書包的位子。

　　沫沫才剛坐好，咕嚕咚就站了起來，他身型高大，頗有氣勢，原本還在**竊竊私語**的同學立即靜下來。

「今天是第一天上魔法力理論課，誰願意上來配合我示範皺摺力？」咕嚕咚凝視水二班全班同學，問道。

志沁馬上舉高了手，道：「我！」

「好，那請這位同學過來取一件袍子吧！」咕嚕咚指着講台上的袍子。

志沁**趾高氣揚**地走到前面拿起袍子。

咕嚕咚移動一下強壯的身軀，往後退了一步，兩眼凝神唸出咒語：「皮提維絲，皺摺！」

志沁提着的袍子立即**皺成一團**。志沁似乎很看不起這魔法力，撇撇嘴輕蔑地笑了笑。

「是不是很容易？」咕嚕咚喜滋滋地看着同學們，並像個小孩一樣拍了下手掌，「怎麼樣？現在該你們上來施行皺摺力了吧？」

同學們你看我我看你，不太理解咕嚕咚的意思。

「老師，我們還不會施行皺摺力。」仕哲說。

「昨天我不是讓你們預習咒語了嗎？皺摺力和

除臭力咒語算是基本型魔法力，我相信你們應該有能力成功施行。剛才我也示範了一次，怎麼樣？誰想上來試試？」

沫沫原本想上去，但看到差不多全班同學都舉起手，就放下手來。

咕嚕咚叫了子研、仕哲、志沁，還有另外三位同學——高敏、越芳和艾倫上來。他們兩人一組互相輪流練習，因此總共有三組。

子研試了幾次，袍子皺起來之後卻又滑下來，害她**白高興一場**。仕哲則成功讓袍子摺起來一半，其他四位無論怎麼試，袍子還是一動不動。

咕嚕咚笑著說：「哈哈哈！看起來容易，做起來可一點都不簡單，除非你已經學會。」

子研**不禁嘀咕**：「學會了當然就簡單。」

咕嚕咚繼續說：「我教你們的魔法力跟其他老師教的有點不同，這些魔法力都是我走遍世界，向各地的魔侍學來的，雖然說是基本型魔法力，可都是難得一見的魔法力。」

這時子研提問道：「老師，我想問個問題。」

咕嚕咚非常高興地說：「問吧！**充滿好奇心是學好魔法力的關鍵因素。**」

「學習這樣的魔法力，對我們以後有幫助嗎？」

「當然有幫助，你想讓哪個同學的衣服皺起來就可以皺起來啊！」咕嚕咚**理所當然**地說。

「我覺得這樣的魔法力對我們沒有幫助。我希望老師能教一些對我們當上麒麟閣士有幫助的魔法力。」

「是啊！什麼皺摺力、除臭力，難道老師你沒有更有用或者有型一點的魔法力教給我們嗎？」志沁馬上又附和子研，問道。

咕嚕咚似乎沒有把他們的話放在心上，自顧自地說：「除臭力很有用啊！你想想，萬一你跌進溝渠內或被髒水噴到的時候，這就是非常有用又有型的魔法力了。」

「那皺摺力呢？我才不想這麼無聊讓其他魔侍

的衣服皺起來。」志沁說。

「那還用問？家裏的窗**骯髒**時，只要你曉得皺摺力，不用拉起窗簾就可以讓窗簾摺上去，方便我們抹窗，是不是很實用？」

「嘿，都是些小兒科的魔法力。我們想學的，是麒麟閣士會用的，比如可以讓東西燃燒起來的燃火力、控制物體行動的傀儡力，你說是不是？」

志沁看向子研，子研點點頭，趁機**央求**道：「老師，我很想學這兩種魔法力，請你教我們吧！」

咕嚕咚抬高一隻眼，抓了抓頭，搞不明白他們的用意，說：「你們連這些小兒科的基本型魔法力都不會，就想學具有三階合格證才能學的魔法力？」

沫沫見志沁和子研瞧不起咕嚕咚老師教導的魔法力，忍不住舉手道：「老師，昨天我已經預習了皺摺力咒語，我想練習一下。」

「哦，是小魔女啊，當然可以。」

沫沫將羅賓放在位子上，走到講台前。

「請你跟我一組可以嗎？」沫沫問志沁。

志沁有點意外，但他馬上回應：「一組就一組，你能將我怎樣？」

其他人散去兩旁。只見沫沫擺出魔法手印，然後專注地看着手拿袍子的志沁，唸道：「**皮提維絲，皺摺！**」

志沁雖然表現得一點都不怕，但其實心裏還是擔心沫沫對他不利，當沫沫唸出咒語時，他害怕得緊閉眼睛！

過一會兒，他才睜開眼，看到手上的袍子一點兒皺摺都沒有，立即取笑沫沫：「還以為你這個跳級生多厲害，原來也做不到——」

志沁還未說完，全班卻已**哄堂大笑**。

「好像戴着花環啊！哈哈哈！」

「不，不，我覺得像變色龍——」

「不，像蜥蜴！」「像鬥魚！」「像小丑！」

班上同學**此起彼落**地爭着議論，志沁這才發現他身上穿着的外套皺了起來，形成一個「花圈」圍繞着他的頸部！那模樣真的很滑稽，連子研都憋不住偷笑。

　　志沁氣急敗壞地拉下皺摺，費力地壓平長袍，**羞憤**說道：「嚴沫沫！你給我記住！」

　　「對不起，我不是故意的！你也知道，這皺摺力雖然是基本型魔法力，但我沒有你那麼聰明，怎麼可能一下子就能學好呢？」

　　「你一定是故意的！哼！」志沁氣呼呼地跑回座位。

　　「哈哈哈！小魔女，以後可要對準目標施行咒語啊！」咕嚕咚笑個不停，他雖然是老師，卻是班上笑得最大聲的那位呢！

　　「是，老師！我一定會多多練習！」沫沫應答道。

　　「好，好。接下來，我們來學習除臭力。有誰要配合我示範？」

這回沒有人舉手。學習除臭力必須得先讓那位同學發出臭味，誰都不想讓自己變臭啊！

　　最後咕嚕咚沒辦法，只好請班長仕哲出來**擔當重任**。

　　同學們趕緊戴上口罩，避免被仕哲臭暈。

　　「好，現在先對你施行發臭力，」咕嚕咚面對仕哲，對他施行咒語，「滴鎖死莫屍──」

　　「等一下！」仕哲突然喊道。

　　咕嚕咚把差點說出來的「腐爛味」吞回去，說：「怎麼了？」

　　「老師，請問一定要是臭味才可以除掉嗎？」

　　咕嚕咚一隻眼又抬高了，他想了想，說：「是沒有規定一定要除掉臭味，不過，既然名字都叫除臭力了，當然要除臭才有意思嘛！滴鎖死莫屍──」

　　「慢點！」仕哲趕忙伸出雙手阻止咕嚕咚。

　　「又怎麼了？」

　　「既然不一定要除掉臭味，我希望你讓我身上

散發⋯⋯榴槤味。」

　　咕嚕咚在那兒**猶豫**着要不要變成榴槤味，仕哲又問：「不行嗎？」

　　「也不是不行，只是我覺得可能沒這麼有衝擊感⋯⋯」

　　「請讓我身上發出榴槤味。」仕哲堅持地說。

　　「那好吧，滴鎖死莫屍——榴槤味！」

　　一時間，整間課室**彌漫**着榴槤的味道，同學中有些摘下口罩，說：「聞到就想吃呢！」

　　也有些同學不喜歡榴槤味，埋怨道：「臭死了！隔着口罩都聞到。咕嚕咚老師，快點幫他除臭吧！」

　　咕嚕咚看到大家的反應，覺得很好玩，隨即他唸出：「阿破屍迷滴叩，除臭！」

　　仕哲身上的榴槤味果然**消除**了，咕嚕咚滿意地說：「你這小魔子不錯，居然想到一種又香又臭的味道。」

　　「好，現在兩位一組，上來這裏練習。」

於是同學們輪流上去練習除臭力，老師先為其中一位同學施行發臭力，再讓另一位同學為伙伴除臭，大家**又笑又鬧**，有的一直沒辦法除臭，有的趁機去害怕榴槤味的同學旁邊作弄他們，這堂課真是熱鬧又好玩呢！

羅賓和其他幾位魔侍的修行助使在位子上，非常慶幸仕哲要求咕嚕咚將同學變成榴槤味，因為牠們都沒有口罩戴呢！

魔法力理論課結束後，緊接下來，是魔法史課。

沫沫覺得好興奮，因為她第一次上課就可以接連上兩堂最喜歡的課。

魔法史由阿比老師執教。穿着寬鬆西裝外套的阿比老師踏進他們的課室時，某個同學叫了出來：「古董時鐘來了！」

阿比老師看起來很**溫和害羞**，他站到講台上，慢慢從袋裏取出厚厚的魔法史課本，對他們說：「今年的魔法史將會注重在500年以前的魔侍

分布狀況⋯⋯還有魔法力的演變，以及各種工農商業的興起和轉變，大家可要好好學習，這些都是身為魔侍必須知道的史實⋯⋯」

沫沫隔壁坐着高敏，她湊過來對沫沫說：「古董時鐘很喜歡重複講一樣的東西。昨天你沒有來，其實他現在講的話昨天都已經講過了。」

「哦，原來如此。」沫沫點頭應答。

「你叫沫沫對嗎？我叫高敏。剛才你第一次練習就能成功使出皺摺力，太厲害了！」高敏**一臉崇拜**地看着沫沫，「聽說你是嚴農的女兒，不過我覺得你肯定不是走後門進來，你真的很有天賦。」

沫沫被說得有些不好意思，趕緊說：「我們應該專心聽課。」

「哦，對不起。」高敏看回課本，然後又湊過來問，「以後我有什麼不會的功課都可以問你嗎？」

沫沫點點頭，翻開課本。

沫沫昨天晚上照着仕哲給的清單，預習了魔法史第一章，並做了關於第一章的簡述。

　　「等一下古董時鐘應該會要我們做口頭報告。」高敏又湊過來說，「我雖然不喜歡口頭報告，不過好過聽古董時鐘碎碎唸啦！上古董時鐘的課，要忍着不打瞌睡是很難做到的。」

　　羅賓在沫沫懷裏頻頻點頭，牠才聽了阿比老師講課幾分鐘，就已經**昏昏欲睡**。

　　「那邊──」阿比老師看向沫沫和高敏。

　　高敏趕緊坐好。

　　「你──是插班生，對吧？你叫什麼名字？」阿比老師問。

　　「我叫沫沫。」沫沫回答。

　　「你昨天沒有來，不過我相信能插班進來讀二年級，一定相當優秀。請你來做第一章的簡述。」

　　沫沫**不慌不忙**地站起來，說：「好。魔法史第一章，魔侍紀元5500年，在地球分布的魔侍數目達到最高峯，也是魔侍在各領域成果最顯著的時

期，比如農業方面，魔侍世界設立了農牧工場。農牧工場研發微生物及菌類植物成為可食用的食物，並取得突破性進步。」

沫沫抬起頭看了看阿比老師，繼續報告：「由於我很想知道是什麼突破性進步，就另外做了些查詢。我查到那時候的魔侍已經成功誘發樹木長出我們今天每天都會吃到的菌類，如雲朵菇、芝麻菇和米味菇。這些研究讓我們魔侍在百年後渡過糧食缺乏的**寒冬期**。由於農牧業的成果，環保課題也得到相應的重視。減少肉食獲得全民配合，保育稀有動物也得以順利進行……」

沫沫講了大約五分鐘，報告完畢，合上簿子。

阿比老師露出無比欣賞的面容，稱讚道：「沫沫同學額外做了資料搜集，非常好。課本上雖然沒有寫明哪些進展，但是我們應該自己去找出這些進展到底是什麼。一個插班生可以做到這個地步，值得你們大家學習。」

沫沫覺得阿比老師過於**誇獎**她，不好意思地

低下頭來。

　　高敏又湊過頭來說：「古董時鐘難得這麼開心呢！以後你可能會常被他點名。」

　　沫沫覺得無所謂，反正她本來就很喜歡魔法史。

　　下課後，米勒、高敏和艾倫都圍過來沫沫身邊。

　　「我家每天都會煮雲朵菇。我媽媽說雲朵菇的營養像雞蛋，有很豐富的蛋白質，而且很便宜。」米勒說。

　　「原來雲朵菇在那麼久以前就研發出來了，沫沫你沒有說我都不知道呢！」高敏說。

　　「是啊！那沫沫你知道保育**稀有動物**是哪些動物嗎？」米勒問。

　　沫沫想了想，說：「我記得有澳洲樹熊，還有非洲野象……如果沒有魔侍負責保育，這些稀有動物應該已經*瀕臨絕種*，甚至已經不存在了。」

　　「嗯，我爸爸在保育所工作，我有聽他提過魔

侍幫助保育稀有和野生動物的事。」艾倫說。

米勒一臉憧憬，道：「你爸爸的工作真有意思！」

「我覺得什麼工作都好。大家**分工合作**，魔侍世界才能這麼精彩啊！」艾倫樂觀地說。

沫沫對魔侍世界充滿了好奇，說：「讀了魔法史，我覺得更了解自己了。我以前太少出門，以後我要多出去看看！」

「魔法史原來這麼有趣，我以前怎麼從來沒發現呢？」高敏疑惑地說。

「魔法史哪裏有趣啊？」

子研走過他們身邊，不認同地說：「如果只需要上魔法力理論課就好了。哎，可惜今年的魔法力理論課老師太不正經。」

「不會啊！我覺得魔法力理論課和魔法史都很好。」沫沫不以為然。

「我不喜歡死讀書。實際做些什麼才是最重要的！想想看，我們魔侍世界雖然好像很不錯，但其

實我們很不自由，做什麼都要**躲躲藏藏**。」子研說。

「魔法史可以讓我們了解我們的祖先以前做過什麼、發生過什麼事。難道你不想知道？」沫沫問。

「知道了又怎樣？遇到可怕的生物的時候有用嗎？」

「那什麼才有用？」

「當然是學好各種魔法力，當上麒麟閣士！到時候，我就可以保護大家不受可怕的生物傷害。」

「什麼可怕的生物？」高敏問。

「就是……算了，跟你們說，你們也不可能明白。」

子研**臉色難看**地走開去，後面的志沁對他們嘬嘬嘴，趕緊跟上子研。

沫沫等都覺得有些莫名其妙，這時仕哲走來，說：「古地窖的古生物，你們應該聽過

吧？」

　　大夥兒都點點頭。雖然古地窖有什麼生物大家都不曉得也沒見過，但多少都有聽大人們說過。

　　仕哲看着子研的背影，說：「**曾經面對過古生物的魔侍，感受才特別深。**」

　　說着仕哲也走出課室。

　　「他是什麼意思？」米勒**傻乎乎**地皺起眉頭，問道。

　　「應該是子研曾經面對過古生物吧？」沫沫說着，不禁對子研的經歷感到好奇。

　　「沫沫，我們也去吃點東西吧！休息時間只有半小時，得快點了！」羅賓催促着沫沫。

　　修行助使雖然可以跟着魔侍一起到校上課，但在課堂上不被允許說話，羅賓可是忍了好久才終於有機會說點話呢。

　　於是沫沫跟着米勒他們一起去魔法食堂用餐。

第八章
科校長的捕獵計劃

魔法食堂的食物沒有沫沫想像中那麼豐富多樣，食堂販賣的都是簡單的餐點。據米勒說，學校提倡環保自然的飲食理念。沫沫喜歡這樣的理念，她向來對吃並不挑剔。

沫沫點了剛才上課時提到的雲朵菇三文治，搭配醃南瓜和雞蛋沙律，覺得全身充滿了能量。

下午，沫沫上了數理課及人類學，教數理課的是杜里得老師，據高敏說，杜里得老師是「行走的電腦」，腦袋裏裝滿了各種數學算式、物理公式、各種金屬與化合物分子成分等等，而人類學的凌老師是個年紀很大的魔侍，她以前曾經在魔侍安全廳之下的消除事務所工作了很多年，常去人類世界執行消除人類記憶的工作，所以對人類世界非常熟悉。

很快地，今天的課都上完了。沫沫過得非常**充實**，她每堂課都很喜歡，也喜歡各科目老師。

沫沫昨天煉好三條變形緞帶給科校長，她想知道科校長及其他兩位麒麟閣士的測試進行得如何，於是一放學她就馬上趕去校長室。

她抵達校長室時，看到校長身後的兩位麒麟閣士，想先迴避，但科校長把她叫住了。

「沫沫，你也進來吧！」

沫沫局促地坐下來。她還記得第一次面對這兩位麒麟閣士時的窘況，當時她可是違規去人類世界，差點被他們**抓個正着**呢！如果眼前的麒麟閣士知道她就是當天隱藏在草地中的魔女，會是什麼表情呢？

「你就是嚴沫沫？」葛司問着，含蓄地用眼尾打量沫沫。

「是。」

「我必須先聲明，魔侍本來不允許到人類世界施行魔法和使用魔法道具，比如變形緞帶。這一

次是因為突發事件，才會讓你幫我們提煉魔法緞帶。」

「葛司，不用這麼**嚴肅**吧？沫沫幫我們煉幾條緞帶，沒有必要這麼謹慎。」南德說完，對沫沫和藹地笑一笑。

「當然要謹慎，我們麒麟閣士不僅要嚴守魔侍世界的規則，也要確保規則不被打破。現在要我做違反規則的事，我心裏是一百個不願意。」

沫沫聽到這裏，趕緊站起來說：「我還是出去吧——」

「坐下！」葛司突然說，嚇了沫沫一跳。

沫沫乖乖坐下，葛司才說：「只有這次是例外。」

「沫沫，」科靜認真地對沫沫說，「剛才我們去了電力公司**勘查情況**。我和南德變成電力公司員工，找到電力控制房，葛司變成守衛，取得電力房的鑰匙，並配了條備用。今晚我們將會進行測試。」

沫沫睜大了眼，點了點頭。

「只要今晚測試成功，明晚我們就會進行實際的捕獵行動。捕獵計劃是這樣的：南德和葛司會找來一隻羊，等引來狗頭豬後，往天空發出訊號，我就會變成電力公司的主管，到電力房斷電。另一方面，狗頭豬怕強光，所以南德和葛司會用強光手電筒照射狗頭豬，把牠逼進**陷阱**裏頭。」

「那就是說，你們還缺兩條變形緞帶？一條是今晚測試時使用，一條是在明天的捕獵行動使用？」沫沫說。

「聰明。」南德稱讚道，「不過，還需要一條移行緞帶，讓閣士長……科校長明晚移行到現場支援我們。」

「好，我現在就去**提煉**。」

沫沫邊趕去煉藥小房邊想：「昨天提煉了兩條變形緞帶和移行緞帶，今天先提煉校長要用到的兩條變形緞帶和一條移行緞帶，再提煉兩條變

形緞帶……」

　　沫沫投入地提煉魔法緞帶，等到她煉好科校長吩咐的緞帶，時間已是傍晚六時半。

　　將三條魔法緞帶交給科校長後，沫沫再回去煉藥房，又提煉了兩條緞帶才匆匆跑回宿舍。

　　隔天，沫沫又起了個早。

　　今天有惡神的魔法使用規範課，沫沫趕緊梳洗，早早去到課室。

　　沫沫對萬老師吩咐同學預習的規則還記不熟，趕緊拿出魔侍修行指南、魔法力規則、魔侍守則三本課本，**重看一遍**。

　　等到沫沫大致記下，萬老師就穿着高領毛衣進來了。

　　萬老師走進課室時，全班同學都*正襟危坐*。

　　他審視一遍課室裏的同學，最後眼神停在沫沫身上，面無表情地說：「嚴沫沫，請說出魔侍修行

指南第一到第五條，還有簡述魔法力規則第一章內容。」

米勒馬上露出擔憂的神色，心想：「惡神盯上沫沫了，他一般不會要同學唸這麼多啊！」

沫沫呵口氣站起來，**從容不迫**地說：「第一條，魔侍必須嚴格遵守魔侍修行指南。第二條，魔侍必須嚴守魔法力使用規則。第三條，魔侍必須嚴守魔侍守則。第四條，魔侍不可越階學習魔法力。第五條，魔侍不可越階施行魔法力。」

沫沫停頓一下，繼續唸：「魔法力規則第一章，主要是闡明魔法力的學習要素。其一，必須修習專注力。其二，必須背誦各種魔法力咒語，並做到能隨口說出的流利程度。練習專注力的五個主要階段有：專心做好一件事；手眼並用；同時專注並做好兩件事；做好眼前事時只想着另一件事；最後是可以達到不看任何事物。」

唸完後沫沫坐了下來，全班同學嘖嘖稱奇，對沫沫*刮目相看*。

高敏更加崇拜沬沬了，她開心地拍着無聲的掌聲。

「想不到這走後門進來的還挺用功。」志沁也忍不住說。

子研對沬沬認真的態度雖然相當欣賞，但嘴裏卻說：「會背有什麼用？還是一樣犯規。」

這時萬老師讓同學靜下來，道：「做好我吩咐的預習功課，是最基本的。做不到這些你們休想學好魔法力！誰可以繼續下一段？」

大家馬上低下頭來，生怕叫到他們。

「魔侍守則，請齊子研同學跟我們說。」

子研最怕記這些規範守則，她無奈地站起來，回想一下魔侍守則，斷續地唸出來。但她唸到第三條「守護人間正義及秩序」，就唸不下去了。

「齊子研，魔侍守則前面三條是最基本的守則，你連這個都不記得⋯⋯放學後去訓練所！」

子研呵地一聲坐下，一副垂頭喪氣的模樣。

「沒關係，子研，我幫你一起打掃。」志沁馬上安慰子研。

　　仕哲也表示願意幫忙，但子研並沒有因此而心情變好，她哀歎道：「看來我以後得常去跟生物的糞便打交道了。」

第九章

有用的除臭力

訓練所內，子研在中型生物區清掃生物的住所。

「這裏都沒有掃到，把掃把伸進去角落！」小綠站在旁邊用那細長的「手」指揮道。

子研皺着眉把掃把伸去牆角掃一下，小綠馬上說：「你是想掃到晚上？掃不乾淨不准回去！」

「誰說我掃不乾淨？」子研說着，**不服氣**地低下頭去仔細清掃。

在另一邊打掃的志沁這時趕過來，說：「我幫你掃，你去掃那邊。」

子研努努嘴道：「不用，說了這區由我負責，我就會做好。」

「可是……」

「我説不用就不用！」

仕哲聞聲走來，笑着對志沁説：「**子研要做的話，做得比誰都好。**」

小綠聽了不禁吐槽：「真的可以做得好？」

「當然！」子研説着，突然勤快地動了起來，打掃完畢，又快速努力擦拭房子。

不一會兒，子研走出房子，將抹布丟進水桶，拍拍手掌道：「好了！訓練所的工作沒什麼難度，很簡單！」

剛做好餵食工作的米勒走過來説：「訓練所的工作可一點不簡單啊！除了要照顧好生物的住所，觀察牠們的狀況，分階段給予適合牠們的訓練，還要擔心牠們會因不適應而產生各種疾病等等，而最難的，是給牠們餵食。」

「餵動物吃個東西，有這麼難？」子研不以為然。

「難啊，像這隻非洲臭鼬，得給牠吃海底菌絲才能被**馴化**，不然牠脾氣那麼暴躁，就不能成為

修行助使了。」米勒指向前面四方房內的一隻臭鼬，說道。

「那有什麼難？找多一點海底菌絲給牠吃不就行了？」

「你不知道，海底菌絲很難取得，需要請麒麟閣士幫忙施行排水魔法力才有辦法採集。」米勒說着，**晃動**着手上提着的盒子。

子研看見米勒提着的盒子內有一撮撮的絲狀物，覺得很新奇，說：「原來麒麟閣士還負責這樣的工作？」

「是啊！你不知道，麒麟閣士幫忙採集一次海底菌絲得花多大的工夫，而且只能採集到一點兒——」

米勒未說完，冷不防被子研奪走手上的盒子，米勒叫了聲「哎——」，眼巴巴看着子研將盒子內的東西倒進臭鼬的飼料槽。

「糟了！臭鼬最討厭吃草地菇，*你闖禍了！*」米勒着急地說。

子研愣了半晌，慌忙問：「這不是海底菌絲？」

「我沒有說這就是海底菌絲啊！」

「那你為什麼提着盒子晃來晃去？」

「這，這是要餵我的小球吃的——」

這時一道聲音從附近傳來：「誰讓你亂餵食物給臭鼬？知不知道會造成很嚴重的後果？」哈里斯太太髮絲凌亂地衝過來，**氣急敗壞**地說。

「我，我只是想餵牠吃東西——」

子研沒來得及解釋，突然咻地一響！下一秒，大夥兒都被臭鼬施放出來的「屁」包圍，馬上緊捏着鼻子，其他生物也發出各種怪叫，整個訓練所陷入混亂狀態。

哈里斯太太忍住臭味責備：「看吧！寶貝們都被嚇着了，臭鼬發脾氣放出的臭味可是沒有生物受得了的！」

「對不起，我知錯了！」子研捏住鼻子，害怕地說。

「要是有生物因此而死，你要怎麼賠償？」

「不會吧？我沒聽過生物會臭死的……」子研雖然害怕，還是忍不住說出疑問。

「你不知道，非洲臭鼬的屁據說曾經臭死過獅子啊！」米勒小小聲解說道。

「你沒聽過的事比龍貓身上的毛還多！還不快幫忙驅除臭味？」哈里斯太太急急地揮手道。

「可是我們今天才剛學習除臭力，還不會使用——」米勒忐忑地說。

「大禍臨頭看你會不會用？快給我專注施咒！」

於是，一眾魔子魔女同時擺出魔法手印，專注跟着哈里斯太太唸出除臭力咒語：「阿破屍迷滴叩，除臭！」

臭味頓時驅散開來，但不一會兒，可怕的臭味又瀰漫過來，大家又趕緊唸道：「阿破屍迷滴叩，除臭！」

大夥兒忙着驅除臭味，大半天過去才終於把異

味徹底除去。

「想不到咕嚕咚的魔法力還蠻有用處的。」子研**悻悻然**説道。

仕哲也説：「幸好今天他教我們除臭力。」

米勒和志沁頻頻點頭附和，大家都心有餘悸啊！

哈里斯太太看起來更邋遢了，她抹抹汗，吩咐子研：「你！把生物都安撫好，放回牠們的房間。」

子研乖乖應答：「是。」

就這般，子研在志沁、米勒和仕哲的幫助下，好不容易才將全部生物都趕回住房。

這時天色已經暗下來，大夥兒也都累垮了。

「我肚子餓得呱呱叫了！」志沁嚷着説。

「不知道魔法食堂還有賣食物嗎？」米勒有點擔憂地説。

志沁不悦地撇撇嘴，説：「搞到這麼晚還不都是你惹的禍？」

「我——」

「要是你早一點說那不是臭鼬的飼料，子研就不會餵牠吃，那就什麼事都不會發生。」志沁**理直氣壯**地責怪米勒。

「我——不是的，我原本要餵小球吃——」米勒解釋着，突然他叫了一聲。

「怎麼了？」仕哲問。

「小球！」

米勒趕緊跑去小球的住房。誰知住房內**空空如也**！

「不見了！」米勒欲哭無淚地說。

「什麼不見了？小球是什麼？」仕哲問。

「小球是一隻犰狳，牠好不容易才讓我安撫下來，現在卻不見了！」米勒苦着臉說。

「一定是剛才的臭氣嚇跑牠了，牠本來就不太適應這裏，要是哈里斯太太知道……」

子研露出驚慌的神色，趕緊說：「絕對不能讓哈里斯太太知道。」

「必須把小球找回來。」仕哲說。

「對！我們自己把小球找回來！」子研說。

「啊？不先吃飯？」志沁問。

「你還有心情吃？小球不知道會不會跑去人類世界⋯⋯」米勒**憂愁得眉頭都打結**了。

「不行，我已經餓得沒法走路，我得先去吃飯——」

說着志沁施行速度力，快快溜走了。

「這志沁，真想讓他幫忙的時候就**逃之夭夭**！」子研不禁感到洩氣。

仕哲看向子研，問：「真的不跟哈里斯太太說一聲？」

「絕對不行。不過我們一定要找到小球，這是我們之間的約定。」子研看着兩人說。

米勒和仕哲點點頭。

114

第十章

綠水石的警示

沫沫煉好兩條搬運緞帶和兩條變形緞帶，已是晚間七點，她伸伸懶腰，喚道：「鑰匙。」

雅米巴蟲鑰匙立即衝來，牆壁打開，沫沫走出煉藥小房後，雅米巴蟲鑰匙又跳到牆壁內，只留下**隱隱約約**的痕跡。

「沫沫啊，難得這麼早煉好緞帶，我們趕緊去魔法食堂吃點好的！」羅賓興奮地說，牠可是跟着沫沫一起吃了兩晚白麵包。

「好啊！」沫沫應答着，腳步輕快地走出校長室。

經過會客室，沫沫不禁多望了兩眼。沒見到科校長和兩位麒麟閣士的身影，想來他們已經出去「捕獵」了。

剛才科校長有跟她提起昨晚測試的事，科校長

切斷電源後，他們設置陷阱的社區全部斷電，他們也順利地在十分鐘後恢復電源，電力公司的員工都沒有起疑心。

「希望今天的捕獵行動不要有任何突發狀況就好。」沫沫心想着，走出行政大樓。

「沫沫，待會兒要點些什麼好呢？一定要吃好一點，你需要補補身體，萬一你瘦了，農叔可會心疼的……」

沫沫有一搭沒一搭地回應着羅賓的叮囑，就在這時，有個物體急速劃過沫沫眼前，竄進樹林裏去了。

「那是──」沫沫看向羅賓，不約而同地說出：「小球？」

沫沫知道事態嚴重，趕緊施行飛行力：「提希而，騰空！」

她飛到樹叢上方觀察。

「沫沫，我沒看錯吧？小球不是在訓練所嗎？」

沫沫想了想，說：「我們不可能同時看錯，這裏距離訓練所並不遠。」

「那怎麼辦？小球情緒還**不穩定**，萬一牠發起狂來……」

羅賓回想小球的尖叫聲，渾身打起冷顫來。

「如果牠跑去人類世界，難保不會發狂。我們一定要找到牠！」

沫沫說着，停在一棵大槐樹上，細細傾聽四周**動靜**。這時，她聽見了一些聲響。

她和羅賓朝着那聲音飛去，見到一個物體在前方晃動。

沫沫落地後，悄悄靠近牠。那物體有着盔甲般的身軀，盔甲旁長出的毛髮抖動不停，果然是小球。

小球用前肢忙碌地扒着樹底下的土地。沫沫猜測：「小球應該是在挖洞。犰狳很會挖地洞……」

沫沫腦袋急速轉動，然後她慢慢靠近小球，打算使用幻想力，讓小球看見米勒，因為小球看到米

勒就不會緊張，接着使用催眠力，讓小球睡去。

「得把握好時間，才不會讓小球嚇到……」

冷不防有道聲音從後邊傳來：「沫沫！你在做什麼？」

沫沫趕緊回頭做出「噓」的手勢，但已驚動了小球，只見牠迅速挖着洞，很快就把自己隱藏於洞內！

「差一點兒就可以催眠小球了。」沫沫無奈說道。

「什麼？小球在這裏？」

說這話的，正是米勒。他**又驚又喜**，走去洞口，想着安撫小球，誰知牠立即發出一聲刺耳的尖叫！

「別怕！小球，是我啊！」米勒趕緊輕拍地面，柔聲說道。

沫沫和米勒等了一會兒，噗噗兩聲，小球扒掉沙土鑽了出來。牠一見到米勒，馬上撲向他。

米勒摸摸小球的毛髮，疼惜地說：「幸好你沒

跑去人類世界啊！你不知道，我多怕找不到你。」

小球發出細小的叫聲回應着，似乎能感受到米勒的**疼愛**。

這時他們後方傳來腳步聲，原來子研和仕哲都被剛才小球發出的聲響喚來了。

「這就是小球？」仕哲好奇地看着小球，問道。

「嗯。」

「太好了！這樣我就不會被哈里斯太太責罰了！」子研慶幸地呼口氣。

「那我們趕緊把小球送回去訓練所吧！謝謝你，還好小球遇到的是你。」仕哲說着，望向子研，子研嘛嘛嘴，說：「謝謝。」

沫沫雖然**不明就裏**，但也回道：「沒事就好，我改天再去探望小球——」

突然沫沫身後發出綠光，大夥兒都驚訝地盯着綠色光芒，小球更是眼珠瞪得大大地盯個不停。

「是綠水石！」羅賓慌忙說。

沫沫趕緊從書包內取出綠水石，做出兩手環抱綠水石的姿勢，綠水石頓時懸浮於半空，瞬間發出五彩光芒！大夥兒嘖嘖稱奇地湊過來。

綠水石內，有個小孩在樹林中慌張地走着。

大夥兒眼睛都睜得老大，米勒問：「這是什麼？為什麼有個小孩在裏面？」

沫沫迅速翻閱着魔侍手冊提供的資料，然後說：「綠水石會讓我知道有人類需要幫助。這孩子叫小傑，他為了找爸爸私自跑出去，照這情形看來，他可能會遇到危險。」

「你不會是要去幫他吧？這可是違規的！」仕哲說。

「慢着，我記得這一區……」沫沫趕緊又翻閱魔侍手冊，上面顯示了社區名字，沫沫倒吸口氣，「是科校長今晚進行捕獵的社區。」

沫沫心覺不妙，小傑將會遇到的，可能是非常可怕的古生物！

「得快點了，救人要緊。」沫沫說着時，眼睛

並沒有離開綠水石，她發現裏面又出現另一個人類，趕緊問仕哲和子研，「你們可以跟我一起去嗎？」

子研**瞪大了眼**：「我才不要被你牽連——」

「難道你沒辦法幫到他？」沫沫問。

子研馬上回道：「誰說我幫不到？看我要不要幫而已！」

「那好，綠水石還顯示了另一個需要幫助的人類，我們必須一起去幫助他們。」

「那我和小球呢？」米勒問。

「你帶小球回去訓練所。」沫沫急急地說，然後從懷裏抽出搬運緞帶，「移行緞帶不夠，所以我必須使用搬運緞帶。米勒你站遠一點，我要將這片草皮搬運過去。」

米勒趕緊往後退了幾步。

「不，我們沒有助人執照，不可以隨便幫助人類。」仕哲皺着眉頭，他真的不想違反魔侍規則。

「事有緩急先後。這是農叔常說的。」

「我還是認為我們不應該違反——」

說時遲那時快，沫沫已將搬運緞帶拋向他們所在位置的上空，眼看緞帶就要消失的剎那，小球突然衝向沫沫，米勒急喊：「小球——」

下一秒，草地上的他們都**憑空消失**了！

第十一章

險象環生

電力公司內，某個黑影用鑰匙開啟房門，他是變身成主管的科靜。科靜走進電力控制房，熟悉地去到某個控制區，關上其中一個電力按掣。

頓時社區的電源被切斷了，整個住宅區包括馬路上的街燈、路牌、霓虹燈都暗下來。

住宅區傳來此起彼落的埋怨聲。

此時社區某處的樹叢中卻有隻羊被綁在一棵樹旁。羊兒周圍有兩個影子守在那兒，他們是萬司和南德，兩人各站一方，手上提着強光手電筒。

原本在吃着美食的羊兒突然感覺到什麼，顯得**焦躁**地踢腿。

在他們前方不遠處，一隻生物正緩緩靠了過來……

那生物衝過來了！是狗頭豬！

葛司趕緊開啟手上的強光手電筒，狗頭豬驚訝地轉身，另一邊的南德也開啟手電筒，狗頭豬慌張地朝他們之間的方向**逃竄**，葛司衝過去擋着不讓狗頭豬逃走，誰知牠竟然一個飛躍！

　　狗頭豬翻越過葛司的身體，朝另一邊逃去了！

　　「糟糕！牠跑向另一區了！絕對不能讓牠傷害到其他人！」

　　説着葛司和南德匆匆追趕過去。

　　小傑小小的身影在樹林中**跌跌撞撞**地跑，但他越跑越慢，漸漸地，他停了下來。

　　小傑發現自己迷路了，害怕地哭了起來：「爸爸！小傑很怕！爸爸……」

　　小傑邊哭邊走，一個打滑，整個人撲倒在地上。小傑嗚嗚地哭着爬起來，但他突然聽到一種奇怪的聲響，停止了哭泣。

　　「那是什麼？」

小傑發現那東西在他的正前方，很快就來到他前面，是一隻頭像狗，身體卻像豬一樣長着粗粗的毛髮，四肢短短壯壯的奇怪生物！

　　小傑啊地叫一聲，還未來得及哭，突然，眼前的奇怪生物變成了一棵樹！

　　「咦？大狗呢？」小傑喃喃問道。

　　這時小傑突然被人抱了起來！小傑拚命掙扎，叫道：「放我下來！放我下來！」

　　「安靜，你不想被怪物吃掉就安靜。」

　　小傑一聽，果然馬上靜下來。

　　接着，小傑發現自己飛上了天空，他張大着嘴，說不出話來。

　　過了一會兒，他發現帶着他飛的，是一位女生，他問：「姐姐，你是蝙蝠俠嗎？」

　　那女生正是子研，她不悅地說：「我這麼好看，哪一點像蝙蝠俠？」

　　「那你為什麼會飛？」

　　子研沒有回答，她朝着懷裏的黃蜂問：「布

吉，哪個方向？」

「東南……25度……角。」布吉回道。

子研看了看手上的指南針戒指，將紅色指標指向北方，找到東南25度方位，急速飛去。

小傑還在問各種問題：「為什麼蜜蜂會說話？剛才我是不是看到大狗？我知道了，你是小飛俠，對不對？」

這會兒，沫沫和仕哲在一棵樹旁顯現出身影。剛才沫沫使用了對換力，準確地將狗頭豬和附近的一棵樹對換過來。

羅賓驚喜地說：「沫沫，你成功將動物和樹對換過來了！」

「是，不過只能換大概一分鐘。」

才說完，狗頭豬又變回原來的地方。沫沫他們趕緊使用隱身力，瞬間隱去身影，狗頭豬雖然看不

見他們，但牠知道有魔侍在附近。

牠**惱火**地怪叫一聲，朝四周嗅了嗅，向沫沫他們的方向撞過去，但就在這時，後方的葛司和南德追來了，南德使用飛行力，迅速越過狗頭豬，打開手電筒直射牠的眼睛，狗頭豬怪叫一聲，轉身向葛司的方向逃去。

「快點！」

兩人分頭追趕狗頭豬。

他們離去後，沫沫與仕哲**再次顯影**。

「要追上去嗎？」仕哲問。

「嗯，今晚還有另一個需要我們幫助的人。」

沫沫對躲在樹後方的米勒說：「你跟小球在這裏等我們，我們很快回來。」

原來剛才沫沫在魔法學校使用搬運緞帶時，小球因為被綠光吸引而不小心走過來，米勒也因此跟着小球一起被「搬運」過來了。為免小球受到驚嚇，沫沫讓米勒守着小球，什麼都不用做。

「細……」這時小球**發出聲響**，米勒趕緊蹲

下來安撫牠：「小球別怕，很快就可以回去。」

「不……狗頭……」

沫沫感到意外，小球雖然才剛開啟了說話的能力，但已經能簡單表達了。沫沫馬上問道：「小球你知道狗頭豬？」

小球點頭，慢慢地說：「小球，挖地洞。狗頭豬，逃。」

米勒莫名地看着沫沫，**抓了抓頭**：「小球到底要表達什麼？」

沫沫隱約有個想法，但她也不確定，於是說：「我們很快回來。」

說着沫沫和仕哲趕緊用飛行力朝狗頭豬逃離的方向飛去。

第十二章

出其不意的計劃

　　狗頭豬氣喘吁吁，速度慢了下來。

　　牠身後的葛司和南德把手上的電筒暫時關掉。

　　葛司瞄向狗頭豬的左邊，那兒是他們預先布置好的陷阱，一個十尺深的地洞。

　　「狗頭豬沒力了。現在只要把牠逼進陷阱就**大功告成**……」葛司和南德慢慢地走向疲累的狗頭豬，就在葛司正要指示南德打開電筒時，街邊突然有個閃亮的光源出現！

　　狗頭豬兩眼暴怒，生氣地衝向那光源……

　　那是一輛電單車，葛司和南德萬萬想不到，這麼晚了單行道上竟然還有車子經過。駕駛者正是小傑的父親。他在小傑生日這天原本換不到班，但臨時有個同事被爽約，願意幫他代班，於是他**興高采烈**地駕着電單車回家，想不到卻亂了葛司他們

的捕獵計劃。

　　人算不如天算，一切都來得那麼突然，狗頭豬衝向那電單車，葛司和南德在一旁來不及施展任何魔法力，眼睜睜看着狗頭豬衝向小傑的父親……

　　砰地一響！

　　葛司與南德跑上前，卻什麼也看不到，道路上**一片漆黑**。

　　「狗頭豬和電單車到哪裏去了？」南德抓破頭都想不明白是怎麼回事 。

　　葛司晃晃頭，道：「可以肯定的是，有魔侍使用了火箭沖，不過到底是誰？難道是科校長……」

　　葛司未説完，狗頭豬又出現在他們面前，他們趕緊打開強光手電筒……

　　沫沫與仕哲終於在街角等到了小傑父親，正要對他施行對換力時，突然發現狗頭豬朝小傑父親的電單車衝過來！

沫沫**大吃一驚**，急急說道：「噢，來不及了，仕哲，快依照計劃二使用火箭衝！」

仕哲叫道：「毛利！」

一隻小小的豚鼠立即從他懷裏衝出來，仕哲口中唸出隱形咒語，同時拋出沫沫給他的移行緞帶。

一眨眼，隱身的仕哲已來到電單車旁，而毛利運用火箭衝衝向他們⋯⋯

與此同時，沫沫趕緊唸出對換力咒語：「安塔雷及，換！」

下一秒，仕哲、電單車和小傑父親同時出現在槐樹旁！

緊接着，狗頭豬也突然顯現在他們前方幾米外的地方！

米勒驚訝得往後退了好幾步。

小球看到狗頭豬，差點尖叫出來！

「沫沫呢？」米勒緊張地問仕哲。

「應該就到了。」仕哲才說完，沫沫就和羅賓出現在他們身邊。

「太好了！沫沫，你成功救了小傑父親！」

正說着，小傑父親**不明所以**地看着他們，一臉呆滯。

「糸諾絲，眠！」沫沫唸道。

小傑父親立即在草地上沉沉睡去。

「呼！」沫沫呵了口氣，道：「好險。」

仕哲也是**吐了一大口氣**，道：「我剛才真的差點心臟麻痺。」

此時，毛利也倒臥在小傑父親身旁。修行助使在緊要關頭使用火箭沖護送主人到某個安全地方，之後會因為耗盡體力而昏睡二十四個小時。

「辛苦你了，毛利。」仕哲過去抱起牠，放進懷裏，「不過，計劃二成功實行，太好了！」

仕哲雖然不喜歡違反規則，但這次拯救小傑和小傑父親，卻讓他感到**無比開心**。

沫沫的計劃一，是在小傑父親出現時使用對換力將他換去其他地方，不過剛才情況太突然，只能實行計劃二。

仕哲使用隱身力不讓麒麟閣士發現，同時用移行緞帶瞬間來到小傑父親身邊，而毛利則使用火箭沖，將他們一塊兒運送到米勒所在的槐樹旁。

　　與此同時，沫沫必須準確地施行對換力，將狗頭豬換去不會傷害到其他人類的槐樹附近一帶，爭取到一點時間讓麒麟閣士追過來。

　　之後，沫沫得趕緊使用移行緞帶，回到槐樹旁。

　　至此，總算完成計劃。

　　「狗頭……豬。」小球害怕地說。

　　「小球挖洞……牠跑出來。」還不太會說話的小球，斷續地說。

　　「沫沫，小球好像很**在意**狗頭豬，你知道為什麼嗎？」米勒問道。

　　沫沫走過去問小球：「小球，是不是你挖洞讓狗頭豬跑出來了？」

　　小球點點頭，並說：「小球……被打……挖洞。」

「有人逼你挖洞？」

小球又點點頭。

「你知道他長什麼樣嗎？」沫沫問。

小球晃晃頭，道：「看……不到。」

仕哲驚訝地說：「是誰強迫小球挖洞？難道有魔侍利用小球，故意讓狗頭豬跑到人類世界？」

「很可能。可惜小球看不見那位魔侍的樣子。」沫沫無奈說道。

這時，他們身邊傳來一些聲響，接着，子研顯影出來，走向他們。

為了避免被麒麟閣士追查過來，沫沫趕緊拋出搬運緞帶，**砰地一響**，槐樹和他們全部消失了！

第十四章

尾聲

小傑的父親醒過來時，發現自己躺在草地上。

他想起剛才突然被人帶着「飛」到一個地方，還看到穿着**華麗**衣服的孩子。

他驚慌地查看四周，周圍靜悄悄的，什麼都沒有。

「怪了，剛剛明明看到幾個小孩……啊，還有一隻像狗，不，像豬？不，是怪物一樣的東西，但很快又不見了……」

小傑父親**呢喃**着爬了起來。

「是夢？」他看着明亮的月光掛在整片綠色草地的上方，大地如此神秘又美麗。他不禁甩甩頭微微一笑，「可能是夢遊吧？」

他走向前方，找到他的電單車，快快騎回家。

小傑見父親回來，衝出去迎接父親，把頭埋進

父親懷裏，小小的身子不停抖動着。

　　小傑父親疼愛地拍拍孩子的背，説：「別哭，爸爸這不是回來了嗎？我知道小傑喜歡爸爸陪，以後爸爸盡量不做夜班，好不好？」

　　誰知小傑抬起頭，**滿臉興奮**地説：「小傑今天就八歲了，小傑才不會怪爸爸呢！」

　　「噢，嚇我一跳，還以為小傑哭了。」小傑父親鬆了口氣，「那是發生什麼好事了嗎？」

　　小傑迫不及待地告訴父親自己的神奇經歷：「我剛才遇見蝙蝠俠了！是真的蝙蝠俠哦！」

　　「你怎麼知道是蝙蝠俠？」

　　「她戴着黑色的披風啊！就像這樣！」説着小傑晃了晃披在背後的深色桌布，一臉興奮的模樣。

　　「還是女的蝙蝠俠呢！可是媽媽説我看太多電視，想太多。不過，我真的沒有説謊，我真的遇見蝙蝠俠，她還帶我飛回來呢！」

　　小傑拉起披風在地上「飛」，**吆喝**道：「喲呼！蝙蝠俠帶小傑在天上飛，小傑好開心啊！」

小傑父親覺得很不可思議，但他想起自己剛剛也經歷了無法解釋的怪事，對小傑說：「一定是蝙蝠俠特地跑來幫小傑慶祝生日哦！」

　　另一邊，葛司和南德成功將狗頭豬逼進陷阱內，並成功運送回去古地窖。

　　狗頭豬逃脫到人類世界的事件終於圓滿解決。

　　科校長後來被葛司問到是否使用火箭沖將小傑父親運走，並同時用對換力換走狗頭豬時，她扶了扶金框眼鏡，以令人猜不透的眼神說：「使用火箭沖運走小傑父親，再使用對換力把狗頭豬換去樹林中，防止狗頭豬衝去旁邊的住宅，不覺得是個好辦法嗎？，不覺得是個好辦法嗎？」

　　南德一臉崇拜地說：「不愧是閣士長，同時用了隱身力、移行緞帶、對換力、火箭沖……」

　　「都說了別喚我閣士長。」

　　葛司若有所思，最後他說：「閣士長，我總覺

得這次古生物逃出古地窖很不尋常。我們有必要組織一個小組，特別應對這類事件。」

「嗯，我贊成。」科靜眼神凝重地望向他們，緩緩說道：「我有預感，接下來還會發生一些事。」

這時的沫沫疲累地回到魔女宿舍，連白麵包都不吃就躺在牀上呼呼大睡。她身邊的綠水石閃着綠光，裏頭是嚴農着急的模樣。

他在濕地家園**呼叫**着沫沫：「快給我打開通話鍵，你已經整整兩天沒有跟我聯繫，剛才綠水石還發出警告聲，你是不是又冒險去人類世界了？沫沫，你到底有沒有聽到我說話……」

下期預告

　　清晨的魔法修行學校教學大樓，有一羣小東西在亂竄，沫沫和同學們怎麼解決這個難題？

　　子研在沫沫的幫助下，逃過了「惡神」的刁難，原本對沫沫敵對的態度有了一百八十度轉變……

　　沫沫發現修行助使訓練所的食物都由盤天工場供應，羅賓聽到後臉色大變，無意中說出沫沫母親的身分！

　　教導人類學的凌老師帶着沫沫就讀的水二班去人類世界考察，期間綠水石的警示燈又亮了起來，原來商場中有小女孩被拐走！到底是誰拐走了女孩？沫沫等人有辦法找回她嗎？

想與沫沫一起探索魔法世界？
請看《魔女沫沫的另類修行4》！

魔女沫沫的另類修行 3

謎之古生物

作　　者：蘇飛
繪　　圖：Tamaki
責任編輯：黃稔茵
美術設計：李成宇
出　　版：新雅文化事業有限公司
　　　　　香港英皇道499號北角工業大廈18樓
　　　　　電話：(852) 2138 7998
　　　　　傳真：(852) 2597 4003
　　　　　網址：http://www.sunya.com.hk
　　　　　電郵：marketing@sunya.com.hk
發　　行：香港聯合書刊物流有限公司
　　　　　香港荃灣德士古道220-248號荃灣工業中心16樓
　　　　　電話：(852) 2150 2100
　　　　　傳真：(852) 2407 3062
　　　　　電郵：info@suplogistics.com.hk
印　　刷：中華商務彩色印刷有限公司
　　　　　香港新界大埔汀麗路36號
版　　次：二〇二二年二月初版

ISBN: 978-962-08-7932-6